금성에 관한 소문

사이펀 현대시인선 11

금성에 관한 소문

초판인쇄 | 2021년 12월 10일
초판발행 | 2021년 12월 15일

지 은 이 | 김선희
기　　획 | 계간 사이펀
펴 낸 이 | 배재도
편집주간 | 배재경
펴 낸 곳 | 도서출판 작가마을
등　　록 | 제 2002-000012호
주　　소 | 부산광역시 중구 대청로 141번길 15-1 대륙빌딩 301호
T. 051)248-4145, 2598　F. 051)248-0723　E. seepoet@hanmail.net

ISBN 979-11-5606-186-1　03810　정가 10,000원

※ 본 도서는 2021년 부산광역시, 부산문화재단 지역문화예술특성화지원 '부산문화예술지원사업'으로 지원을 받았습니다.

사이펀 현대시인선 ⓫

금성에 관한 소문

김선희 시집

도서출판
작가마을

시인의 말

참으로 두려운 긴 시간이었다. 이웃 나라에서 발생한 코로나 바이러스가 우리나라를 덮치고 전 세계까지 퍼져나가 수많은 사람들이 감염되고, 치사율 높은 전염병으로 세계를 팬데믹 상태로 몰아넣고, 뉴스 화면으로 전개되는 영상들은 우리를 더 많은 두려움에 떨게 했다.

눈에 보이지 않는 바이러스의 공포로 마스크를 써야 하고, 손을 자주 씻어야 하고, 사람들과 얼굴을 마주하는 만남을 자제하고, 모든 세상살이가 힘겹고 어려워졌다. 더구나 젊지 않은 이들에게는 더욱 치명적이라고 하니, 그야말로 아득한 느낌으로 다가오는 전염병의 시대였다.

사람들이 모이는 행사도 없어지고, 작은 모임 하나도 가질 수 없고, 정답게 소곤소곤, 이라는 모든 행위가 금기인 시기, 철저한 비대면의 시대, 이러한 시간들이 두 해째 흘러가고 있다. 그리고 급하게 백신이 개발되고 사람들은 너나없이 그것을 맞기 위해 줄을 서고 있다. 이전에, 마스크를 사기 위해 줄을 섰던 것처럼, 시간이 지날수록 지치기도 하고 또는 무디어지는 느낌으로 우리는 조심스럽게 일상을 이어가고 있다.

다시 책을 만들 기회를 얻었다, 그리고 더 많은 실내 생활로 독서에 빠지게 되고 천문학책도 읽게 되었다. 내가 몰랐던 세계, 우주의 저 끝에서 다가오는 작은 별빛이 잠든 의식을 일깨워주고, 상상력을 북돋아 주었다.

광대한 우주의 실체와 그 작은 하나의 별 속에 더욱 미미한 존재로 잠시 이 땅을 다녀가는 우리의 모습이 거기 있었다. 과학적 지식은 일 푼어치도 모르는 처지에 문학적 이미지로만 먼 빛의 세계로 다가갔다. 비록 책 속에서 였지만 크고 작은 수많은 별들의 모습을 바라보고 이웃인 태양계와 더 먼 별들의 세계, 무한한 모든 것들이 열리는 천문학의 세계에 빠져들었다.

2021년 겨울

김선희

• 차례

2부

• 차례

3부

4부

금성에 관한 소문

김선희 · 사이펀 현대시인선 · 11

제1부

금성金星에 관한 소문

밤마다 캄캄한 천체 속에 네가 던져졌다
나아갈 길도 없고 머물 곳도 없는 블랙홀
빛도 없는 그곳에서 너는 허우적거린다
어린 시절,
샛별을 향해 노 저어 갔던 밤의 향연 속에
유독 빛나던 개밥바라기별 금성에 관한
흉흉한 소문은 거기 아득히 멀리, 그 너머
유황 독가스를 내뿜는 뜨거운 화염지옥이
지구의 저 반대편에 엄연한 사실로
존재한다고 한다
유난히 반짝거려 아름다운 빛을 가진 별
멀어서 더욱 친근하고 빛나던 샛별
그대 거기서 거짓으로 반짝이고 있었네
유황 독가스를 뚫고 들어가면 황산 비가 내리고
뜨겁고 붉은 불모의 세상 하나를 맞닥뜨리겠지
아무도 발 딛지 못할 금성에 대한 어떤 소문에
밤마다 칠흑 같은 내해內海 속을 허우적거리며
몇억 광년 너머 빛나는 별들의 나라를 상상한다

누군가 달에서 지구를 보았다

내가 만약 달에 가서 지구를 바라본다면
지구는 어두운 밤하늘에 떠 있는
커다란 푸른 유리구슬이다
하얀 구름에 가려있는 육지와 바다의 모습
투명한 푸른 속이 환히 보일 것 같은
빛나고 아름다운 유리구슬
눈이 부시도록 찬란한 일들만 일어날 것 같은
향기롭고 둥근 한 송이 꽃 위에서
권모술수나 사기, 폭력, 살인의 죄악이
눈을 씻고 바라보아도 찾을 수 없을 것 같은
그런 생각이 든다
약육강식으로 세상을 물들이는 일은 절대로
일어날 것 같지 않은 고귀한 구슬
내가 만약 달에 가서 지구를 바라본다면
저 둥글고 청명한 곳으로 날아가
살아보고 싶은 소망이 용솟음칠 것이다
밤하늘의 달을 바라보면서 우리가 꿈꾸었듯이
계수나무도 토끼도 없는 쓸쓸한 땅 위에서
언제쯤 그곳에 날아가 볼 수 있을까
꿈꾸었을 것이다

지구는,

지구는, 광대무변한 은하계 저쪽 한구석을
떠도는 조그마한 별
우리는, 그 작은 별 위에서 태어난 한 점 생명이다
나의 존재가 무한히 크다고 말 할 때
우주적인 나를 가끔 떠올리지만
이 무한히 큰 존재가 사실 눈에 보이지 않는
지극히 작은 미물微物이었다는 것을
예전엔 미처 모르고 우주를 상상하며
방석 위에 가부좌를 틀고 새벽하늘을 명상했다
젊은 날, 그 고요함 속에서 무엇을 찾아 헤매었을까,
우주, 우주적이라 쉽게 말하면서
지극히 작은 것에서 엄청난 허황의 꿈을 꾸었다
이제 생각들의 사유에서 점점 밀려날 시간이 온다
그대, 석양을 보고, 별을 보고
떠오르는 태양을 본다
인디언의 명언처럼 태양을 향해 기도하며
어둠 속의 별들은 잊어버릴까,
우리는 빛 속에서 근시안이 되며
어둠 속에서는 무한히 먼 세계를 맞닥뜨린다

* 코스모스를 읽고-.

별에 대한 생각

요즘 별에 대한 생각이 너무 간절해서 어디 들판에 나가 하룻밤이라도 보내고 싶다 맑은 날 들판에서 하룻밤을 보낸다면 별은 하늘 가득 무척 많이 떠 있을 것이다 예전에는 땅 위의 우리를 위해 별이 떠 있는 줄 알았는데 알고 보니 우리가 별을 바라기하는 멀고 조그만 존재였다 별들은 그냥 꼭 같은 점처럼 같은 거리에 있는 줄 알았는데 몇 차원의 거리로 멀고 가까운 반짝거림을 보내고 있었다

젊은 항성체, 적색왜성 적색거성 백색왜성으로 수십억 년을살다가 빛을 잃고 사라진다고 한다 태양계 보다 더 멀리 은하계에 존재하는 별, 거리와 크기는 들어도 잘 모르겠다 그러나 저 반짝이는 별들을 내가 길을 찾듯 하나 둘, 바라보고 있으면 거기에 우리 할머니 별도 있고 가버린 정다운 사람들이 다 거기에 있다고 예전엔 그렇게 믿었었다

지금도 그렇게 믿고 싶은 마음으로 별들을 찾으면 조그만 내 마음이 먼 별들과 교신할 수 있을까, 광대무변 시공의 한 귀퉁이 아득한 별을 가슴에 담고 내가 칠성다리를 건너 태어났다고 칠성님 전에 명을 빌던 소박한 사람들의 꿈과 바램을 기억할 수 있을까,

별들의 나이를 우리의 반짝, 시간의 나이로 가늠할 수 없다 뭇 생명들은 작은 행성 안에 진정 반짝거리며 명멸한다 물리적으로 아무것도 알 수 없는 지점에 서성거리고 있지만, 우리가 선 땅덩이가 자꾸 돌아간다는 사실은 믿기지 않는다 나는 침대 귀퉁에에 앉아 노트를 펼치고 있지만 어제 저녁부터 지구는 자꾸 돌아가 어둠을 지나서 밝은 아침을 열어놓았다는 것이 정말 놀랍고 신기한 일들이다

프록시마

천문학자의 책을 읽고 잠이 들었다
지구에서 가장 가깝다는 별 프록시마가 떠오른다
얼마나 가까운지 그 거리는 39조 킬로미터,
4광년 센타우루스 자리에 있는 프록시마에 닿으려면
보이저 1호가 시속 6만 킬로미터의 속도로 달려가서
그 별에 도착하는데 7만 3000년쯤 걸릴 것이라 한다
우리 은하에 있는 수천억 개 별들 중에서
가장 가까운 별이라 한다
나는 잠 속에서 그 광대한 시공간의 거리에 떨어졌다
어쩌면 내가 어린 날 밤하늘의 별을 바라보면서
보았을지도 모르는 가장 가까운 우리 은하의 별
프록시마란 이름이 내 잠의 캄캄한 하늘에
수천 개의 별들로 떠올라 나는 저 무량한
시공간을 헤매고 또 헤맨다
이제 잠은 내게서 광대해졌다
꿈은 수많은 별들의 세계를 헤쳐나간다
프록시마, 잊혀지지 않는 꿈속의 우리 별이다

작고 미미한 점 하나

보이저 1호가 태양계를 벗어나며 돌연
카메라를 지구 쪽으로 돌린다
무수히 반짝거리는 별들 저 너머
푸르고 창백한 작은 점 하나가 거기 있다
보일 듯 말 듯 멀리 떨어져 있는 별 하나가
우리가 살고 있는 지구의 모습이란다
우주는 얼마나 광대무변하고 먼
시공간의 거리를 가지고 있는가,
우리는 얼마나 작고 미미한 존재들인가,
의식을 확장하면 우주 끝까지 넓어질 수 있다지만
반짝거리는 수백 만개의 별들 속에서
저 푸른 점 하나가 측은하게 느껴진다
나의 위치를 아는 것은 너를 깨닫기 때문이다
화려한 컬러판 별들 사진에서 눈을 뗄 수 없다
너무 이상한 저 우주의 사진들이
거짓이나 환상이 아닌 사실이라고 하니,
나는 요즘 저 먼빛에 반해서 날마다 책을 읽고
9층 창문에서 유일하게 보이는 어떤 별 하나를
고층 건물 불빛 속에서 매일 올려다보고 있다
창백한 푸른 점 안에서 또 점 하나,
작고 미미한 점 하나로

행성

이오, 유로파, 가니메데, 칼라스토…
자식들도 많은 목성의 사진을 보다가
멋진 고리를 가진 토성의 모습을 본다
흡사 근사한 챙모자를 쓴 것 같은 토성은
행성 중에서 가장 아름답다고 한다
하지만 이 멋있는 고리가 둥그렇게 나열된
얼음 알갱이와 자잘한 바위들이라고 하니
멀어서 그리 예쁘게 보인 모양이다
너무 뜨거운 금성이나 추운 이웃 동네 화성엔
아무도 사는 사람이 없다고 하니
지구만이 유일하게 물과 공기가 있고
사람 사는 동네이니 얼마나 다행스럽고
고마운 행성인지 모르겠다
천문학 책을 들여다보면서 태양계는
마치 우리 이웃 울타리와 같다는 생각을 한다
울타리 밖의 세계가 얼마나 광대하고 무한정인데
태양과 가까운 수성부터 금성, 지구, 화성, 목성, 토성,
천왕성, 해왕성을 꼼꼼히 들여다본다
쪼르르 뒤따르는 자식들도 많다
지구의 유일한 아들 달님을 오래전부터 좋아했는데

달님은 끊임없이 지구만 바라보느라고
한번도 뒷모습을 보여주지 않았다는데
탐사선은 용감하게 달님 뒷모습까지 보고 말았다
대보름날, 신화를 잃어버린 달님을 향해 절을 한다

밤마다 천체天體

밤마다 불을 꺼버린 서너 평 방안에 천체가 뜬다 주계열성, 백색외성, 초신성, 적색거성, 블랙홀, 젊은 항성체를 품고 있는 성운, 나선은하, 먼 남쪽 하늘에만 보인다는 알파센타우리 삼중성, 우리의 태양도 나선은하의 한쪽 팔 변두리에 있다는 거대한 소용돌이 별무리들,

내 침대가 끝없는 암흑 속으로 날아가고 방안의 정물들이 여기저기 흩어져 멀고 가까이 반짝거린다 그 가운데 누워서 천체를 체험한다

어둡다는 것은 더 먼 공간과 거리를 확장한다 내가 어디있지? 나는 모른다 나는 천체의 한 가운데 있다 있는 것 같기도 하고 없는 것 같기도 하다 내 존재의 가치가 너무도 작기 때문이다 무한의 시간을 낱낱이 쪼개고 분해하는 초침 소리가 아득히 들려오기도 하지만 나는 우주 공간으로 날아 가버리고 없다

밤하늘의 별을 바라보곤 한 개의 별자리도 찾아보지 못했지만 상상의 다리를 건너가면 여기 북두칠성, 카시오페이아, 페가수스, 큰곰자리, 궁수자리, 용골자리, 사자자리, 목동자리, 백조자리, 전갈자리, 온갖 별들이 반짝이고 있다

밤마다 불을 끄고 나는 우주로 간다 무료한 인생을 접

어두고 아득하고 더 먼 별의 세계를 향해 나아간다 네가 몇 살인데? 나는 늙은이이기도 하고 소녀이기도 하다, 나는 모든 삶을 내 속에 다 담고 있다 그래서 나는 전 인생의 날개로 암흑 속을 헤맨다 우주의 한 귀퉁이 생명물질의 작은 존재로 지적 생명체들이 살고 있는 저 끝에서 암흑과 빛의 세계를 이루고 있는 광활한 시공간 속으로 날아간다

상상은 모든 가능성을 열어두고 작은 점하나를 끌어들

— 인다 어떤 우

주선보다 빠르고 위험요소 없이 귀환하는 비행물체다 또한 웃기는 공상물체이기도 하다 밤하늘 가득한 천체가 날마다 내 안에 뜨고 진다 그 속에 내가 뜨고 진다

무한 우주 속에

무한 우주 속에 인간은 티끌이다, 바람이다, 구름이다,

138억 년 전에 빅뱅이 일어나고 별들이 태어나고 우주는 끝없이 팽창하고 은하는 비산하고 광막한 끄트머리 어디엔가 우리별은 생겨나 어둠의 공허 속에 태양 빛을 받고 별빛을 우러르며 끝없는 무한 우주 속으로 달려나간다

지구가 하루에 초속 30km를 달려나간다고요? 태양은 은하 속으로 초속 220km를 달려나간다고요? 우주는 이 순간도 빛의 속도로 끝없이 팽창하고 있다고요? 우리는 어디에서 이 숨 막히는 공간으로 내몰리고 있지요? 알면 알수록 우리가 어디에 서 있는지 모르겠어요 천문학자는 냉철하게 계산해내고 뜬구름 잡는 몽상가는 밤하늘 가득한 별들의 주판알을 기막히게 바라봅니다

우리는 아득한 어느 날 지구 위에서 태어났어요 그리고 온갖 것 다 보고 겪으며 수십 년 살아왔지요 그것이 번갯불처럼 깜박하는 순간이었다고요? 또 우리는 명멸하는 불빛처럼 사그라져 갈 겁니다 지구의 탄생과 인류의 진화를 저 아득한 천문도 위에 얹어놓으면 한나절도 안된다고요?

나,는 누구이며, 이 생각들은 어디서 왔으며, 우리 몸

이 별들의 잔해물질이라는게 또 뭡니까? 무한 우주 속에 인간의 의식은 바람따라 구름따라 티끌먼지처럼 흘러갑니다

돌아오지 않는 voyager

돌아오지 않는 우주선이 먼 별들의 세계로 떠나면서 한 번 돌아본, 보일 듯 말 듯 작은 점하나 푸른 지구, 멀리 가물거리는 푸른 점 위에 위로받고 사랑하며, 우리 생명이라는 시간의 깊이를 걸어가고 있으니, 멀어져 가고 또 가고 끝없이 가고 있는 작은 노래여, 가냘픈 한 잎 풀잎들은 아침 이슬에 젖어 아무것도 모른 채 거친 바람과 흰 파도에 부대끼며 오늘을 살아가고 있다

별나라를 향해 인류의 소망을 가슴에 품은 채 먼 길 가고 있는 작은 조각배여, 여기 조그만 푸른 구슬 위에서 때때로 우리는 외로워 눈물 흘린다 너의 뼛속 깊은 곳으로 들어가 침잠하고 사색하며 캄캄한 어둠을 살라 표표히 일어서서 멀리 바라보라,

지구인의 메시지를 작은 디스크 하나에 얹고 태양계를 떠나 성간 공간을 지금도 달려가고 있는 그대, 그대가 별나라에 닿기 전 우리의 삶은 끝난다 그래도 우리가 가꿔온 바램의 기대는 끝없는 별세계를 향해 영원히 가고 있다 그대보다 더 멀고 가엾은 푸른별 위에서 생명을 얻은 인간은 무엇인가 뜨겁고 뭉클한 감동을 느낀다

앞을 향해 끝없이 가고 있는 것들의 아름다운 모습이여,

GALAXY A 40

은하수銀河水는 별들의 시냇가
그 사진을 볼 때마다 나는 무서웠다
남반구에서 잘 보인다는 우리 은하
나선 팔 은하 사이에 낀 태양계 쪽에서 바라본
은하수는 정말 별들이 물처럼 흘러가는 곳일까,
옛사람들은 그리스 신화의 헤라 여신의 젖이
흘러나오는 것이라고 했다는데
갤럭시가 은하수인지도 몰랐던 내가
매일 들여다보는 GALAXY A 40 핸드폰
별빛 마을이랑 천문대도 멀지 않은 곳에 있다고
인터넷에서 여기저기 찾아놓고도
코로나 때문에 오금이 저려 발을 떼지 못하는
못난이가 사는 옥상 위에는
별이 한 몇 개쯤 뜰 것이다, 일등성 별만
어릴 적 무심히 바라본 별들과
지금 바라본 별은 정말 다른 것이다
그때는 그림으로 그의 존재를 바라봤지만
지금 그대는 아득히 먼 존재로
얼마만큼 빛나며 내게 달려오는지 안다

태양

– 별 하나하나가 하나의 태양이다
은하수에는 대략 2000억 개의 별이 있다 – 천문학 –

일억 오천만 킬로미터 저 너머에 있는 별을
눈이 부셔 우리는 바로 바라볼 수가 없다
지구 위 만물을 살리기도 하고 죽이기도 하는
불타는 별 이름을 우리는 태양이라 부른다
매초마다 1 메가톤급 핵폭탄이 92억개나
터지고 있다는 태양은 대략 45억년 전부터
불타고 있었다고 한다
1600만도의 온도로 수소원자가 헬륨으로 융합하며
어마어마한 에너지를 태양계 식구들에게
보내주고 있다
태양은 지구의 33만 배로 큰 거대한 가스 덩어리지만
다 타고나면 적색거성이 되어 부풀어 올라
지구를 삼켜버릴 것이라 한다
50억 년 뒤의 일이라고 하지만 어쩐지
무시무시한 느낌으로 다가온다
내방 뜰 앞 화초들이 그 빛을 먹고 알록달록
꽃을 피우기도 하지만
그 너머 가득한 푸른 숲의 어머니가 되어
따뜻함과 빛의 근원으로 우리를 비춘다
태양계라는 한 가족 구성원으로까지 확대해버린

우주적 관점에서 바라본 불타는 우리의 별
매일 그 빛 아래 초원을 걷고 싶다

은하 엽서

천문학 책에서 우주 주소를 읽는다
먼 거대 은하 이쪽에 있는 우리 은하의 주소는
"처녀자리 초은하단, 국부 은하군, 우리 은하, 오리온 나선 팔,
태양계, 행성 지구, 대한민국, …" *
희미한 솜 뭉치로 보이던 안드로메다 성운이
안드로메다 은하로 밝혀졌고, 일조 개의 별을 품고 있다고,
우리 은하의 위성 은하인 대 마젤란, 소 마젤란 은하,
타원 은하, 렌즈형 은하, 나선 은하, 막대 나선 은하,
불규칙 은하, …
수많은 은하 저 너머 팽창하는 우주의 끝 멀리서
예쁜 은하 엽서를 보내는 그 누가 살고 있다면,
아득한 밤하늘에 빛나는 저 별들은 별이 아니라
별을 품고 있는 은하들이었다고,
수억 광년을 달려와 우리 눈에 안기는 저 별빛은,
우리 몸의 모든 세포 하나하나가 저 별에서 온 것이라고,
우리는 별 아래 조그맣게 아득히 먼 고향을 그린다
막대 나선 은하에서

또 다른 나선 은하에 살고있는 그대에게
유리구슬처럼 반짝이는 지구 모습이 담긴
은하 엽서 한 장을 보내고 싶다

* Across the Universe 에서-

지구는 다정하다

음악과 풍경이 흐른다 세상은 아름답고 지구는 다양하다 꽃들, 나무들, 동식물들로 가득찬 풍경들에 압도된다 지구는 신선하고, 향기롭고, 눈부시다 그 어느 곳도 이렇게 빛나고 아름다운 곳을 찾지 못해 지구만이 유일한 생명의 보금자리다

냇가에 물봉선이 흔들리고 있다 눈 덮힌 하얀 산을 배경으로 보랏빛 들꽃이 춤을 춘다 음악과 함께 지구 사진을 본다 구석구석 눈부신 생명의 춤을 본다 꽃잎들이 휘날리고 있다 단풍잎이 바람에 휩쓸리고 있다 야생마가 갈기를 날리며 무리지어 달려가고 있다 벌들이 꽃세상 위로 이리저리 다니고 있다 우주에서 보아도 푸른 유리구슬로 반짝이는 지구라는 별, 음악과 풍경이 흘러가는 것을 보며 몇억 광년 너머에도 이런 세상이 있을까, 상상해본다

나비의 날갯짓 하나로 꿈을 꾸는, 흰 구름 떠 있는 지구는 아름답다 작고 친절한 생명들의 지구는 감동이다 현호색이 피고, 바람꽃이 날리는 지구는, 먼 우주의 한 순간을 살고 있는 지구는 소중하다 폭포수가 흘러내리고 물속을 헤엄치는 조그만 물고기들은 신비하다 나무가 자라며 하늘을 가늠하고 잎사귀 하나마다 별빛과 교

감하는 지구는 다정하다

음악과 풍경이 흘러가며 노란 수선화를 피우며 이팝나무 꽃들의 눈을 뜨게한다 빛과 바람의 노래가 감미롭다 일억 오천만 킬로미터 너머 불타는 태양이 건네준 빛의 세계는 황홀하다

어린 생명들은 그 위를 건너간다 잠시 생명을 얻고 빛을 얻어 따사롭게 그 위를 건너간다 유튜브가 이 찬란한 빛의 세계를 쏟아내며 우리의 감성을 가만히 건드린다

깊은 우주

가장 깊은 우주 익스트림 딥 필드(extreme Deep Field)사진을 본다
까만 하늘에 색색으로 빛나는 별들이 있다
은하처럼 소용돌이치는 별, 차가운 푸른 빛, 불그스레한 빛,
천체망원경이 잡은 우주의 끝 모습이다
130억 광년 밖의 모습이라고 한다
우리는 영원의 한 끝을 잡고
눈물처럼 가벼운 몸짓으로 멀리 반짝이는 별 아래
저마다의 사유로 조그만 일생을 살아가고 있다
이 땅 위에도 먼 사막이 있고, 숨쉬기 힘든 높은 산도 있고
심해의 짙푸른 바다도 있고, 인류의 유구한 역사도 있지만
알 수 없는 저 깊은 우주의 모습은
우리의 가벼운 삶에 하나의 경이驚異를 던져주고 있다
머나먼 저 빛이 어떻게 우리에게 다가왔을까,
우주에도 탄생과 종말이 분명 있다고 말했는데
그것은 너무 아득하고 먼 일들이라
우리는 그저 찰나의 반짝거림밖에 갖지 못한다

봉창 구멍으로 내다본 나의 심부深部, 깊은 우주
까만 하늘에 가득한 색색의 빛들이
순간과 영원의 이름으로 물결쳐 온다

우주 망원경

역사상 가장 큰 업적을 남긴 최고의 망원경이라 한다
600 킬로미터 상공에서 궤도에 진입한 후
우주 사진을 끊임없이 보내오는 11톤짜리 우주 망원경
우주가 팽창한다는 사실을 처음 알아낸 천문학자
에드윈 허블의 이름에서 따온 허블 우주 망원경은
지구 대기의 방해를 받지 않고 먼 우주 사진을 보내온다
관측 가능한 우주에 1000억 개가 넘는 은하가 존재하며
각 은하는 수천억 개의 별로 이루어져 있다는 사실을
허블 우주망원경은 보여준다
아름다운 보석상자 성단이나, 말머리성운들의 존재는
도대체 무슨 이유일까,
무슨 이유로 거기서 그렇게 빛나고 있을까,
알지 못했던 지난날 왜 우주 망원경인지 했는데
지구 바깥에 망원경을 띄워 600 킬로미터 너머에서
빛을 보내주니,
내 눈이 600 킬로미터 바깥에서 별을 보고 있는 것이나
마찬가지였다
대단한 지구인들의 놀라운 기술이다
그래서 우리는 한 발 더 지구 바깥으로 걸어나갔다

제2부

일기

당신에게 미소를 보냅니다
나는 여기 꽃피는 봄날에 앉아있지요
당신에게 앞산 연초록 새잎을 선사합니다
바깥은 바람이 불고 빨래들 휘날리지만
여기 나의 서가書架는 고요한 음악이 흐릅니다
나는 이리저리 서성거리며 오전 시간을 보내고
아무도 없는 사이 음악을 실내 가득 흐르게 하고
독서에 마음을 집중하려 합니다
이곳으로 오십시오
여기 숱한 이야기들 간직한 침묵의 서가가 있습니다
여기라면 젊은 날의 비밀을 풀어보아도 좋겠지요
스파티필름 하얀 꽃대가 밤사이 불쑥 올라왔습니다
맨 처음 꽃향기는 제가 맡아보겠습니다
잠자리 날개로 투명한 음률 위를 날겠습니다
당신이 가만히 돌아앉아 계시다면
내 마음 안개처럼 당신의 모두를 감싸 안겠습니다
그리하여 우리의 목숨이 다하는 날
저 봄날의 꽃잎처럼 함께 날아가겠습니다

저녁

이 도시에 까닭 없이 저녁이 와서
산의 그림자가 꺼멓게 선명해질 때
문득 그 그림자를 가리는 높은 빌딩들에
저만큼 산은 더 멀어져 버렸다
빌딩들이 하나, 둘 불을 켠다
갑자기 무슨 서늘한 질감을 느꼈던지
가득한 빌딩들의 도시가 낯설어진다
차들은 이 저녁도 치열하게 달리고 있다
창가에 서서 어둠 속 잠겨가는 도시를
바라본다, 도시도 나를 바라본다
문득 곁에 내려앉은
저녁의 빛깔들을 생각한다
저녁의 사람들이 흘러가는 것을 본다
종내에는 모든 사람들이 혼자의 시간으로 돌아가
꽃처럼 피어난 불빛을 바라보며 사색할 것이다
도시의 산들은 뒤로 물러나 어둠에 묻히고
아직 어딘가에 다다르지 못한 사람들은
서로를 스치며 지나갈 뿐이다
우리의 예상도 모두를 스치며 빗나갈 뿐이다
이 도시에 까닭 없이 저녁이 와서
바람처럼 떠돌다 온 그림자 하나 지워진다

건물 뒤편

앞쪽에는 웨딩홀이 있고 저쪽에는 요양병원이 있다
또 한 블록 건너에는 대형마트가 있다
모든 볼일을 끝낸 사람들이 하나, 둘씩
자기 차로 돌아와 시동을 걸고 떠나고
가트에 장을 가득 보아온 여인이
하나하나 차 속으로 밀어 넣고 가트를 돌려주고
조심조심 바퀴를 돌려 길을 빠져나간다
할머니를 부축하고 하객으로 온 사람들이
정답게 차에 올라 부릉, 떠나고 나면
휑하니 비어있는 건물 뒤편 공터,
유모차를 하나하나 분리해 뒤쪽 트렁크에 넣고
아기를 태우고 돌아가는 젊은 여자
늙수그레한 몸빼바지의 그 여자는
건물 뒤편 풍경 하나 놓치지 않고 바라본다
옆에 세워둔 낡은 기계 차를 손보는 남자와
어쩌면 하나의 풍경으로 낡아가는 그들의 모습을
어디서 또 누가 지켜보고 있을까,
건물 뒤편 휑한 자갈마당에
엷은 겨울 햇살이 비껴간다

큰 절

큰 절에는 쉴 새 없이 마을버스가 들락거린다
한 발짝도 걷기 싫어하는 사람들을 위해
시내 쪽으로 가는 버스가 한 차례 지나가고 나면
반대편 마을로 가는 버스가 사람들을 내리고
큰 절은 한 마을과 같이 거대한 건물들이
여기저기 서 있고 사람들도 경건하게 합장하고
건물 안으로 들락거리며 시장을 방불케 한다
평안하고, 마음을 다독이는 염불 소리가
스피커를 통해 건물을 돌아서 마당을 건너서
사람들의 귓속으로 들어와 눕는다
오랜 시간 이곳을 들락거리며
사람들은 어떤 위안을 받았을까,
어둡던 마음에 스스로의 길을 밝혀주는
등불 하나 켰을까,
거대한 건물들이 먼바다 고래처럼 유영하는 곳에
크릴새우 같은 사람들이 함께 빨려들어 가고
함께 빠져나온다
큰 건물은 밤이 되어도 평화롭다
사람들을 그 날개 밑으로 거두어 주기 때문이다
큰 건물이 얼마나 거대한 힘으로

어리석은 중생심 위에 군림하는지도 모른 채
사람들은 모래 알갱이처럼 작아져 간다

가로수

정류소 앞에서 마을버스를 기다린다
몇몇은 서 있고 두엇 간이의자에 앉아
지나가는 차들을 바라보며 또는 초조하게
행선지가 다른 자기네 버스를 기다린다
앞에는 믿음직한 은행나무 하나가 서 있고
건너편 녹색 세상 하나가 눈에 들어온다
그가 저렇게 눈부신 세상을 피워 갈 동안
얼마나 많은 차들이 그 앞을 달려갔고
사람들이 바쁘게 그 밑을 걸어갔고
손수레가 지나가고, 해가 뜨고 비바람 불고
적막한 밤의 그늘을 가로등은 비추고 있었을까,
뻗어 나간 섬세한 손끝 하나하나마다
녹색 물결들이 춤을 춘다, 바람 따라
큰 건물들이 즐비한 도심의 한 가운데서
저만큼 거대한 녹색 군단들이 비어있는 공간을
야금야금 점령해 나가는 비밀의 초침을
누가 거기서 오래 지켜보고 있었을까,
도도한 춤의 맥을 따라 미소를 짓고 있는
계절은 여왕의 등극을 기다리고 있는 중이라고

시간 밖으로

작년 봄 어느 날 시간 밖으로 걸어나간 그는
지금까지 아무런 소식이 없다
가끔씩 밥을 먹을 때나 휴대폰을 만지작거리면
전화도 걸 수 없고 근황도 알 수 없어
답답하고 오리무중 시간 속에 내가 서 있구나, 하고
탄식할 뿐이다
그는 밥도 먹지 않고 휴대폰도 다 버리고
더구나 살고 있던 낡은 농가는 어떻게 되었는지,
그 뒤로
나는 상실에 대하여 곰곰이 생각하게 되었고
문득 다가온 단절에 대하여 사색하게 되었고
삶의 불확실성에 대하여 성찰하게 되었다
멀고 가까운 사람들이 걸어 나가버린 시간 밖,
그 뒤로 한번도 알 길 없었던 그들의 안부
남아있는 자들끼리 천연덕스럽게 마주 보며
우리는 왜 웃고, 쇼핑하고, 즐겁게 밥을 먹는 것일까,
참 이상한 시간 안의 뭇 행위들에 대해 또 사색하고
잠자고 일어나 마음은 과거로 미래로 종횡무진
시간 밖의 사람들을 그리워한다
유예된 우리의 시간 속 나날은 까맣게 잊은 채,

오후에 들면서

오후에 들면서 바람이 더욱 많이 불어서
나뭇가지들이 윙윙거리고 쌓아둔 물건들이
바람에 날아가고 사람들은 종종걸음 친다
그래도 시장은 분주하고 상인들도 바쁘다
나는 가방을 메고 양쪽 손에 비닐봉지를 들었다
이런 날은 집 안이 얼마나 따뜻하고
다행스러운 곳인지 생각하며 버스를 기다린다
내일은 진종일 집에서 게으름을 피우고 싶다
바람이 몹시 불어 모든 것이 제풀에 들썩거린다
서해 남쪽 먼 곳에는 하염없이 눈이 날리고
가로의 나무들도 날아갈 듯 흔들린다
우리는 다행한 것과 불행한 것들 사이로
이리저리 걸음을 바꾸어 가며 내일로 간다
내일은 무사와 무탈의 시간이 기다리고 있을 것이다
찻길을 쌩- 달려가는 사이렌 소리에 돌아본다

영혼의 자작나무 숲

먼 자작나무 잎사귀가 나에게 말을 걸고 있다
자작나무 숲으로 천천히 걸어들어 오라고
자작나무를 사랑하여 자작나무 시를 쓰고도
오랫동안 자작나무를 찾아가지 않았다
자작나무는 하얗게, 곧게 서서
자작나무 동네를 이루고 자작나무 세계를 만들고
자작나무 하늘과 자작나무 바람과
자작나무 밤과 자작나무 이야기를 만들며
영원의 다리를 건너가고 있는 중이다
자작나무 숲에는 자작나무 정령들이 살고 있다
자작나무를 사랑하면 자작나무 숨결이 다가오고
내 속에 수만 그루의 자작나무 싹이 돋아난다
나는 자작나무 모습을 가슴으로 받아들인다
그 속에는 광활한 평원이 있고
나는 무한의 기차를 타고 달려가 본다
내 밖에 서 있는 저 광활한 자작나무들이
내 안으로 끝없이 밀려들어 온다
자작나무 숲에서 새로운 탄생을 꿈꾼다

밤 두 시

밤 두 시에 너를 읽고 나는 너와 다르다고 말했다 너는 나의 높은 곳이기도 하고, 나는 너의 낮은 곳이기도 하지만, 모양이 다르기도 하고 내용이 다르기도 하고 방향이 다르기도 하고 모든 것이 다르다고 했다

나는 너를 깊이 느꼈지만 너는 나를 느끼지 않고, 나는 너를 비교하기도 했지만 너는 비교하지도 않고, 너는 내 속에 있었지만 아주 커다랗고, 밤 두 시, 지금에만 커다랗고, 다시 잠자리에 누우면 나는 너를 조그맣게 잊어버릴 것이다

너는 나의 선망일 것 같지만 그렇지도 않은 것 같고, 너는 나를 앞서가고 있었지만 그렇지도 않은 것 같고, 인류라는 이름으로 함께 가고 있었지만 영 그렇지도 않은 것 같고, 너는 내가 만든 허상에 불과하다고 말하고 싶었다

너는 내가 아니다, 나도 네가 아니다 하지만, 나는 너를 읽고 나는 너를 안다 열등감, 모욕감, 그런 것들로 점철된 밤 두 시가 된 것 같은 비애를 느꼈지만, 나는 네가 아니다, 밤이 깊어가면서 나는 불안해졌다

나는 너를 읽고 상처받았다 너는 꽃잎처럼 소리 없이 지나갔지만, 그것은 면도날이었고 생채기에 배인 핏빛

은 근원적인 나의 슬픔이다 이것은 네가 아닌 나의 숙명이며 나의 전부이며 내가 받아야 할 나의 과제들이다

너는 잠자는 나를 확, 깨우쳐 주었다 그러나 나는 감사하지 않는다 너는 그저 물처럼 내 곁을 지나갔고, 혼돈의 나는 차가워 화들짝 놀랐을 따름이다 그래도 너는 내가 아니다 내 안에 벗겨야 할 수많은 껍질들의 나일뿐,

분홍빛 카펫

옥상 끝자락에서 분홍빛 카펫이
끝없이 펄럭거리고 있다
잠시 자유의 몸이 된 카펫은 빨래집게에 꽂힌 채로
날개가 돋아나 막 날아오를 듯 요동친다
나는 날개들을 붙잡기 위해 몇 번 집게를 집고도
안심이 안 돼 뒤돌아보며 층계를 내려온다
바늘땀이 촘촘히 박힌 분홍빛 날개
그 빛깔들 위에 포근한 휴식이 묻어있고
자질구레한 일상용품들이 꿈을 꾸고 있었다
옥상 끝자락 집게의 붙드는 힘이 없었다면
훨훨 날아갔을 분홍빛 날개
수분을 모두 날려 보내고 나면
요동치던 날개를 거두어들일 수 있을 게다
뒷산 숲이 분홍빛 날개를 유혹하지 않을까,
큰 새처럼 두 날개를 펄럭이며
산 너머 저쪽으로 날아갈 것 같은 예감이 든다
빛살 앞에서 젖은 날개를 마음껏 휘날려라
마음의 집게는 꼭꼭 붙들고 놓지 않으리라
잠시 옥상 끝자락에서만 빛나거라

格列飛列島

격렬激烈하게도 나는 격렬비열도에 대해 알고 싶었다
태안반도 서쪽 끝 55 킬로미터 쯤
격렬激烈하지는 않지만 누군가에겐 격랑激浪처럼
망망대해 속 격렬비열도에 꽂혀버렸다
서해 외딴 끝자락에 앉아 먼 육지를 바라보는
갈피갈피 파도에 에워싸인 무인군도無人群島 세 봉우리
배 시간도, 선착장도 없는 오래고도 낯선
등대만이 뱃길을 밝혀주는 국토의 서쪽 끝자락
가물가물 바람소리를 타고 멋진 이름 들려주는
격렬비열도에 한번 가보고 싶다

무표정의 시간

이 무표정의 시간들이 도대체 무슨 말입니까,
소곤소곤 정답던 일상이
서로 떨어져 아무렇지도 않은 듯
해를 건너고 달을 지우며 혼자 가만히 숨죽이면
그 사이로 누가 우리 곁을 지나갑니까,
창궐하는 그 아무것도 보이지 않습니다
어떤 곳은 바쁘게 숨막히며 돌아가고
어떤 곳은 텅텅 비어 휑하니 적막만 감돌며
무표정의 시간들이 강물처럼 흘러갑니다
문밖에는 검은 휘장들이 회오리바람치고
문 안에는 갇힌 자의 무능함이 떨어져 쌓입니다
알 수 없는 시간 속에서 서성 거립니다
내가 그대를 멀리합니다
내가 그대를 밀어낸게 아닙니다
공포와 불안같이 어떤 두려운 것들이
내 안에 송이송이 돋아나 있기 때문입니다
삶은 비루하기도 소중하기도 합니다
대열의 맨 첫 줄의 사람들은 자꾸 외칩니다
사회적 거리 두기를 합시다, 라고
그래서 그대가 저만큼 떨어져 나가고

내가 이만큼 혼자 서성입니다
무표정의 시간들이 우리 사이로 흘러갑니다

코로나

붉은 장밋빛 취침등을 켜놓고
지금 우리는 이상한 시간 속으로 걸어가고 있다
흰 방호복으로 둘둘 감은 사람들이 오가고
구급차들이 바쁘게 달려가고
거리엔 사람들이 없고 여기저기 어두운 징조들이
불쑥불쑥 드러나고 다급하고 어두운 소식들만
화면 가득 전개되고 넘쳐나고
보이지 않는 적들이 세상에 만연하지만
돌변한 바깥일들을 우리는 알 수 없고
그대가 엎드리고 내가 엎드리고 난세에
살아있음이 새삼 눈물겹다
저 많은 사람들이 숫자로 기억되고 숫자에
무너지고 숫자로 소멸해 간다
지금껏 살아온 평화로운 시간들이
이상한 톱니바퀴를 굴려나갔다
나는 그것들을 먹고 이렇게 늙어갔고
젊은 애인은 태양을 향해 성큼성큼 걸어갔다
붉은 장밋빛 취침등이 불타오르고
밤이 늦어도 이 이상한 시간을 되돌릴 수가 없다

물고기

여섯 마리의 물고기 그림이 있습니다
아침마다 제가 운동하는 작은 카펫입니다
이쪽저쪽 머리를 지그재그로 바꿔놓은
여섯 마리 물고기 비늘무늬가 정말 재미있습니다
모두 구워서 제가 막 먹는다면 어떤 놈이
제일 맛있을까 생각합니다
어떤 것은 등뼈가 환히 보이는 것 같고
어떤 놈은 삼각의 도형이 아주 멋집니다
또 어떤 놈은 감전된 것 같은 꺾인 철사무늬
얌전한 물결무늬, 풍선을 띄운 것 같은 무늬
꼬리지느러미도 가지각색 다양합니다
여섯 마리의 물고기 위에서 아침 운동을 합니다
신선한 물고기들과 함께 말입니다
아침의 물살이 도도히 출렁입니다

밤하늘의 트럼펫

잘자라, 나의 먼 애인이여,
그대에게 밤하늘의 트럼펫을 날려보낸다
내가 청춘의 고통스러운 시절을 보낼 때
그대가 조용히 내 곁으로 다가와 주었지
나는 곧 죽을 것이므로 먼 설계를 할 수 없었지
그대와 깊은 산속으로 들어가고 싶었지만
그대는 그것을 이루어줄 수 없어 멀리 떠났지
그때 죽을 줄 알았던 메기는 어느덧 백발이 되었다
아직도 그대의 성城에 도달하지 못해서
그날의 꽃잎 한 장 한 장 떼어 허공에 날린다
성은 영원히 멀어져 가고 무수한 사람들 틈에서
나는 나의 길을 걸어가네, 회상과 침잠의 시간 속으로
나의 옛날이 그대와 함께 했었고
꿈이 있던 그날의 햇빛을,
우리는 함께 시대의 석양을 향해 걸어간다
그대는 나를 떠나서 무슨 소중한 것을 이루어 가졌나,
잘자라, 나의 먼 애인이여,
나는 책을 읽고 음악 들으며 저 빛의 날들이
내 몸 어디에 숨어버렸는지 살피고 있다
내가 그대를 사랑했던 마음이 먼 우주로 가서

음반 위에 새겨져 우리의 일상에 빛으로 내리면
그대는 우울을 멀리 떨치고 위로 받으라
문득 한없는 무엇인가를 그대에게 보내고 있다
나의 먼 애인이여,

이사

이사를 서두르지 않는다
저 널브러진 것들을 어디에 다 쟁여둬야 할지
허옇게 배를 내밀고 있는 이들을 끌고
어디론가 또 가야한다
늦도록 난전에 앉아 시든 채소를 바라보는
늙은 노파의 눈동자보다 더 깊이
나는 아무것도 가지지 않았지만
너절한 목숨붙이들을 어떻게든 갈무리 해줘야한다
계절이 언제 오는지 가는지 잘 모르지만
조금 있으면 이 모두를 감싸고 움켜쥐고
어느 달구지 위에서 또 어디로 향해 가리라
갈수록 길은 가파르고 고달픔은 길 위에 남는다
실수에 실수를 연발하는 우리네 인생처럼
이 모든 것들의 무게가 어깨를 짓눌러
밤마다 꿈자리 사납게 뒤척거린다
살아있는 동안 사람들은 끊임없이 여기서 저기로 가고
저기서 여기로 오는 헛된 동작을 반복한다
계절과 계절의 행간에서 저 많은
근심들에 짓눌려 내 몸은 점점 작아져 간다

제3부

미나리꽝

미나리꽝이 있던 자리에 해마다 미나리 싹이 돋아
한철 내내 여인들이 미나리를 뜯어 배가 불룩하게
오후가 되면 잔뜩 짊어지고 시장으로 가곤 했다
주인도 없이 버려진 미나리꽝 밭둑 위로
쑥도 캐고 미나리 어린 순도 몇 번 뜯었다
그 길을 지나야 우리 밭둑으로 가는 지름길
하지만 여름이면 풀이 웃자라 뱀이 있을까 무섭고
밭은 너무 멀리 있어 자주 가기가 쉽지 않았다
그곳에 흙을 메워 개발할 것이라는 소문과 함께
찻길 옆으로 높다란 강철 담벼락이 섰다
오랜만에 밭에 갔다가 버스 타러 나오는 길
곧 메워질 미나리꽝 널따란 밭둑 위로
하얀 개망초꽃 흐드러지게 피어 꽃밭을 이루었다
첫 여름의 장관이 눈부신 흰 꽃을 머리에 이고
출렁대고 있다
잠시 빛나는 그들만의 순간이 대 합창으로
천지에 가득하다

독백

옛날 책을 읽고 있으면 내가 거기에 서 있는지 여기에 있는지 착각이 올 때가 있다 책 속으로 들어가면 B가 아직도 살아있고 내가 B와 얘기를 나누고, 재미있고 희망적인 일들이 꽤 있는 것 같은데, 지금은 B도 없고 Y도 벌써 세상을 떠났고, D의 웃음도 가슴 아리게 사라졌다

두 손을 합장하고 반복적으로 경문經文을 외고 있으면 내가 현실 속에 있는 것인지, 경문과 경문의 행간에 있는 것인지 허공에 둥둥 떠 있는 것인지, 또 나는 없고 소리들만 들려오는 것인지 이상할 때가 있다

마음이 평화롭지 못하고 안절부절 사물들이 죽어서 검은 그림자를 갖고 사방에 꼭꼭 들어차, 숨도 쉴 수 없고 뛰쳐나갈 수도 없고 몸의 감옥에 갇혀 미칠 것 같은 위기감이 목까지 차오른다

주변에 널브러진 모든 것들 때문에, 나는 이들의 무게까지 모두 감당해야 한다는 죄책감에 이것들을 벗어나고 싶다

지금 왜 살고 있으며 어디로 가고 있으며 무슨 불만 속에 탄식하고 있는지, 정신이 어떻게 몰락해 가고 있는지 도무지 알 수 없다

나는 잘살고 있는데 잘 살지 못한 것 같다 지금은 누구

와 만나고 또 누구와 헤어지고 있는지, 삶의 무대는 갈수록 어지럽고 만나는 사람마다 일그러진 내 얼굴이 미안하기도 부끄럽기도 하다

구겨진 말들이 옷자락에 덕지덕지 붙어 있는 추한 모습으로, 먼 곳의 불빛 반짝거리는 창문을 기웃거리고 있다

오래된 집의 기둥들이 삐걱거리고, 허술한 일상의 초라한 아침이 식탁 위에 차려져 있다 우리는 푸석푸석 삭은 나무토막 수저를 들고 있었나?

바람 부는 날

은행나무들은 바람에 끊임없이 흔들리고
까치들은 나무 위에 앉았다가 멀리 날아가고
그 밑으로는 바람 소리를 내며 차들이 달려간다
나는 갈대나 풀 이삭들이 서걱거리는
높다란 전철 교각 밑을 어슬렁거리며 가끔
자동차를 손보는 사람의 잔심부름을 한다
사질토 땅 위로 질경이나 클로버 잎사귀들이
깡마른 대지의 건조함을 견디며
몇몇 꽃송이들을 올린다
차들이 쉬고 있는 공터 옆에는 다육식물을
키우는 유리 하우스가 있고
토요일 오후, 주인들이 가고 없는 하우스 안에는
탐스러운 다육식물들이 크고 작은 화분에 담겨
예쁜 모습을 뽐내고 있다
꽃 한 송이처럼 생긴 다육식물 화분
하나쯤 사서 돌아가고 싶다는 생각을 하며
전시장 같은 하우스 안을 기웃거려 본다
가끔 차가 지나가며 뽀얀 먼지를 일으키고
몇 시간 째 끝나지 않는 작업을 기다리며
바람이 몹시 불고 구름 낀 풍경들을 둘러본다

찻집

하얀 거품이 있는 찻잔과
한 송이의 꽃이 담겨있는 작은 유리병
그녀는 꽃과 차를 함께 탁자에 갖다 준다
우리들은 꽃과 차를 함께 선물 받았다
앞좌석에는 연보랏빛 꽃 한 송이와
따끈한 아메리카노를,
왼쪽의 그녀에게는 카라꽃 한 송이와
향긋한 레몬차를,
나에게는 하얀 거품이 넘치는 고소한
카푸치노와 장미꽃 한 송이를,
우리는 저마다 예쁜 모습에 취하여
스마트폰으로 사진 찍기에 바쁘다
누구의 찻잔과 꽃이 더 예쁠까,
근사한 각도를 맞추어 찍고 또 찍고
뜻밖에 꽃을 선물하는 찻집도 있구나,
비가 내리는 어느 날 오후
구실잣밤나무 꽃향기 가득한 공원을 지나
처음 이 찻집으로 들어섰다

모든 나무들이 흔들리고 있을 때

상수리 나뭇가지가 언덕 위에서 흔들리고 있을 때
먼 고장에 하염없이 내리는 눈을 바라본다
바다에서 만들어진 눈구름들이 몰려와
세상을 하얗게 만들고 눈꽃을 만들었다
어느 마을은 눈 속에 고립되고
길은 사라져 버리고
남쪽에선 동화 속같이 아름답게 보이는
먼 고장에 내리는 눈을 텔레비전으로 본다
모든 나무들이 흔들리고 있을 때,

재개발 구역

햇살 속에서 마당을 이리저리 돌아다니며
걷기운동을 하고 있다
마당가의 고만고만한 이름 없는 화분들 위로
바싹 마른 덩굴같이 말라죽은 누런 화초들이
바람속에 서글픈 소리를 내고 있다
내실로 들어가지 못한 채 밖에 남겨진 것들이다
나는 햇살 따라 이쪽저쪽 걸어 다니며
일전에 작은 꽃이 피었던 어느 꽃줄기와
몸통은 다 얼어 죽고 허물어진 다육이가
처량한 모습으로 하소연하는 소리를 듣고 있다
그들의 온화한 유월이 다 지나고
주인도 이사 가려고 하는 쓸쓸한 마당 가에
스티로폼, 플라스틱, 사기 화분들이
저들만 버리고 떠난다고 슬퍼하고 있다
잠시 머문 햇살 속에 사람은 돌아다니지만
저들은 때가 지나면 어둠 속으로 휩쓸려 갈 것이다
담 너머 목련꽃 봉오리가 하늘 가득 맺혀 있다
제 운명을 알 수 없는 나무는 이 동네가
재개발 구역이라는 말도 알아듣지 못했다
그저 생명의 초침 속에 꽃필 날만 알고 있을 뿐이다

어제저녁 늦게까지

어제저녁 늦게까지 베르나르 올리비에를 따라
그의 연인 베네딕트 플라테를 따라
프랑스 리옹에서 베로나까지 함께 걸어본다
수년 전 "나는 걷는다"라는 제목에 이끌려
그의 책을 사러 서점에 갔다가
세 권이나 되는 책의 분량에 질려
다음으로 미루고 다른 책을 샀던 기억이 난다
이스탄불에서 서안까지 장장 12000 킬로미터,
그는 육순이 넘은 나이로 혼자 걸어갔다고 한다
지금은 칠순 중반에 연인과 함께
그때 못 걸었던 구역 3000 킬로미터를 걸어
풍경과 역사를 들춰가며 기록한다
그도 걸었는데 나도 걸을 것 같은 심정으로
그의 책을 읽고 우리나라라도 한 바퀴
돌고 싶은 마음이 굴뚝같이 일어난다
절망하고 망설이다 보내버린 젊음
10 킬로도 안되는 도시에서 개미 쳇바퀴 돌며
젊은 시절의 연인 저 산하를 향해
지금 막 가방을 울러 매고 일어설 것만 같다

빗방울

빗방울이 종일토록 내 뒤를 따라오고 있었다
빗방울은 내 앞에서도 뿌렸다
나는 빗방울을 피할 생각도 없이 다 받았다
빗방울은 내 바지에도 뿌렸고 가방도 적셨다
나는 우산을 썼지만 여기저기 다 젖었다
나는 빗방울 속으로 빗방울을 헤쳐가며 걸었다
빗방울은 내 안에서도 울었다
난전의 봄나물도 빗방울에 젖었다
난전의 어머니들이 빗방울에 젖었다
그녀들의 거친 손이 젖고 신발이 젖고
오늘, 이 슬픔에 젖지 않은 자 누가 있으랴,
나는 작년에 떠나간 봄을 찾으려 걷는다
나를 가두는 자 속에서 빛을 찾아 걷는다
빗방울은 하염없이 흐르는 강물을 넘치게 하고
모든 생명들은 꿈을 향해 걷는다

미세먼지

미세먼지가 온통 하늘을 가렸다
우리는 몇 평 안 되는 실내에 갇혀버렸다
오늘은 미세먼지가 가득하니 외출을 삼가라고,
며칠을 두고 미세먼지가 날아가지 않으면
오래 갇혀 있어야 할까,
어릴 적엔 미세먼지라는 게 없었다
산업이 발달하고, 인구가 증가하고
자동차가 늘어나고, 온갖 기기들 속으로 들어가면
대기는 더러워지고 공기는 탁해지고
우리는 먼지를 뒤집어쓰고 살 수 밖에 없다
미세먼지, 초미세먼지라는 희귀한 이름으로
미세먼지는 우리의 일상을 덮쳐온다
햇빛이 환한데 미세먼지 땜에 갇혀있어야 하나,
막혀있는 벽이 답답해 마스크 쓰고 밖을 나선다
자욱한 미세먼지를 마시며 거리를 걸어본다
마스크도 하지 않고 미세먼지도 생각하지 않고
천연덕스럽게 걷는 사람도 있다
기상방송은 연일 미세먼지로 떠들지만
먼 나라 얘기처럼 흘리는 사람도 있나 보다
나는 마스크를 쓰고 아는 이도 찾고 장도 보아온다

미세먼지 속으로 미세먼지처럼 소리없이
미세먼지를 꽃처럼 가슴 가득 받아가며

독침

햇빛이 너무 강해 베고니아 잎사귀들이 탔다
꽃시장에서 산 라벤더 화분은 자꾸 시들어간다
피고 지고 제라늄 붉은 화분들
아침마다 남빛 나팔꽃 한 송이씩 피어나는
좁은 마당 귀퉁이는 싱그러운 꽃 세상이다
어깨높이로 고만고만한 동백나무, 치자나무, 단풍나무
좁은 통로를 따라 저물녘 걷기운동 하다가
나뭇잎까지 기어 올라온 개미 침에 찔렸다
목덜미를 기어가는 개미 한 마리를 잡아서 죽였는데
그새 개미는 독침을 내 몸에 넣었다

비가 온다

비, 비, 비, 비
새가 우는 소리 같지만 스마트폰에서
오후 3시, 오후 6시, 오후 9시 …
계속해서 비가 온다는 소식이다
현관 앞의 장화가 뽀얀 먼지에 뒤덮일 동안
비가 오지 않았던 지난겨울
이제 매화꽃 봉오리 가득 맺힌 3월 즈음에
40 미리, 70 미리 엄청 많이 온다는 소식이다
비는 눈 뜨고 있는 매화 꽃잎이 될 수도 있고
꺼먼 겨울 가지 밑에 쪼그리고 있는
나뭇잎의 새싹이 될 수도 있고
동네 주차장 누구네 집 담벼락 위에
동글동글 맺힌 동백꽃 봉오리를
탁, 터뜨릴 펀치가 될 수도 있고
덤불 밑에 기다리고 있는 봄나물들이
흠씬 받아먹고 쑤욱, 솟아오를 힘이 될 수도 있다
오늘은 비가 많이 오고 바람도 분다고 하는데
창가에 앉아 때리는 빗소리를 바라보며
마치 예지에 가득 찬 사람처럼
느긋이 빗소리나 들을 일이다

몹시 추워진 밤

몹시 추워진 밤에는 덜컹대는 창문 소리 따라 누가 멀리서 밤새워 걸어오는 것 같기도 하고, 다가와 문밖에서 떨며 창문을 두드리는 것 같기도 하고, 나는 새벽 3시에 일어나 어둠 속에 더듬더듬 방석을 펴고 베개를 엉덩이에 받치고 오리털 점퍼를 어깨에 걸치고, 대방광불화엄경, 대방광불화엄경… 부처님의 크신 광명에 의지하듯 경문의 머리글자를 나직나직 외우는데, 어느 산사에서 들은 법문 중에 그 경의 이름을 끝없이 외워 가피를 입었다는 대방광불화엄경을 외우는데, 어느새 잊어버리고 그냥 가만히 앉아있다 기온이 급강하 하여 중부지방에는 한파 경보가 내리고 해안가 남부지방에는 한파 주의보가 내리고, 겨울이 그 절정을 향해 치닫고 있다는 몹시 추운 밤에, 몸도 없고 마음도 없이 떠도는 그리운 사람들을 생각한다 나의 시간이 얼마나 남아있는지도 생각하고, 그 사이 무엇을 할 수 있을까도 생각해보고, 아득바득 살아도 우리가 시간의 손안에 들어있음을 서글퍼하고, 창밖에 흔들리는 모든 것들에게도 영혼의 흔들림이 있을까 생각해보고, 가진 것 없는 나의 노년이 바람이 이끄는 데로 가야하는 저 먼 들녘의 초라한 집 한 칸도 생각해보고, 숨막히는 이 도시에 끝끝내 남아있겠다고 나를 휩쓰는 거친 바람에게도 항의해보고, 나는 그 사이 빈 껍데기처럼 앉아서 부처님의 장엄한 경구도 잊어버렸다 덜컹대는 창문소리와 온갖 것들의 이름으로 창문을 두드리는 저 컴컴한 밤의 혼령이 나를 지켜보고 있는데,

길고양이

닭 다리 하나와 뼈다귀 몇 개 얹힌
플라스틱 접시를 들고 대문 간에 섰다
고양이는 건너편 화장실 지붕 위에
실눈을 뜨고 앉아있다
이즘 햇볕이 따스해 고양이는 살맛이 나는지
느긋이 햇살을 즐기고 있다
마당에 놓인 접시 위에 먹을 것을 부어준다
어느새 고양이는 맞은편 나무 밑에 내려와 있다
닭 다리라면 고양이도 얼른 달려들 것 같지만
지긋이 눈을 감고 내가 가기를 기다리고 있다
이놈이 다가와 맛있게 먹는 걸 보고 싶지만
웬걸, 절대로 사람 앞에서는 다가오지 않는다
너희는 믿지 않으니까 가고 나면 먹을께, 하고
말하는 것 같다
엉큼하고 참을성 있게 기다린다
결국 내가 담벼락 밖으로 비켜준다
한나절 지나서 궁금해 다시 가보면
접시는 깨끗이 비워져 있다
혹독한 추위 속에서 얼어 죽었을 것 같았지만
그는 살아있었다

음흉한 속내를 하고 그렇게 늙어가는 것 같다
이제 어디에 누워 자도 괜찮을 계절이 온다

집에 대한 소중한

거실의 커다란 창문이 햇볕을 보여주지 못하고
구름만 가득 낀 하늘을 드리웠을 땐
어쩐지 바깥세상이 모두 슬퍼 보였다
햇빛이 창문을 향해 고루 퍼지면
얼른 커튼을 걷어 올리고 햇살과 눈을 마주한다
사람들에게 너무 소중히 부각 되어 오는 집에 대한
생각들을 헤아려보고 곱씹어 보아도
요즘 세상엔 마지막 위안이며 몸이 기댈 언덕이다
여기서 저기까지의 거리가 얼마였던가,
나는 아득한 그곳을 하루에도 수십 번 왕복한다
창문을 열어 먼 곳에서 불어오는 바람을 불러들인다
몇십 평의 세계가 몇만 평이나 된 듯
수많은 나날의 태양이 지붕 너머 우주 저쪽으로 갔다
먼 생의 불빛이 조명되어 오는 별밤은 너의 것이다
그때 네가 내 귀에 속삭여 주던 이야기가
내 침실의 차렵이불처럼 내려 덮이면
나는 장밋빛 붉은 머릿등을 켠다
오늘도 집에 대한 소중한 생각들이 어둠에 든다

비 오는 날

비가 온다는 날이면 자주 스마트폰을 열어 기상예보의 레이더 영상을 펼쳐본다 비가 어디쯤 오고 있는지, 몇 시간 후면 반도의 작은 경계선 위로 노랗고 파란 표시의 빗방울이 내가 사는 동쪽 끝까지 몰려오는지, 창밖을 주시한다 비가 오기 전에 하던 일을 마치고 차분히 다가오는 비를 기다리는 마음이 되기도 한다

비는 어느새 수천의 물방울로 창가에 도달했다 지도에서는 보이지도 않은 작은 경계선 안에 조그맣게 앉아서 우주에서 보내는 기상영상을 우주에서 보듯, 비구름 가득한 반도 위를 지나가는 파란 레이더 영상을 들여다본다 지극히 작은 내가 또한 아득히 먼 곳에서 작은 나라 하나를 내려다본다

사방에 창문이 보이고 사람의 집들이 비를 맞고 있다 삶의 은밀한 내향內向을 꿈꾸어도 좋은 날, 하나하나 그들의 창문마다 어떤 시선들이 머물고 있을까, 모든 비상飛翔을 잠시 멈추고 방안의 정물들도 바깥의 꽃화분도 차분히 가라앉는다

벽시계가 바람과 함께 좀 더 거칠고 굵은 빗방울을 데려오고 수천의 빗방울들이 유리창에 물의 꽃을 피우다 굴러 내려간다 젖어있는 것들과 흘러가는 것들로 나의 내면이 흠뻑 잠겨 깊어간다

메일을 하나 보냈다

고요가 넘치는 방안에 누워서 나는 약을 한 개 먹고도 잠을 이루지 못한다 바람처럼 누비고 다녔던 영상들이 아직도 가시지 않았을까, 병원 복도에서 만난 사람이 전해준 뜻밖의 소식, 멀쩡하던 그가 아프다고 한다 심장의 핏줄이 막혔다고, 나는 피를 뽑고 검사를 하고, 지하 식당으로 내려가 굴국밥을 사 먹고 결과를 기다리고, 약을 타고 돌아와 어떤 일들을 의논하고, 손수레를 끌고 마트에 간다 돌아오면서 동행인과 티격태격 말다툼을 하고, 야채를 다져 넣고 볶음밥을 만들고, 저녁을 먹고 설거지를 끝낸 뒤 메일을 하나 보냈다

제4부

그대는 언제나

그대는 언제나 내 앞에 무거운 옷을 입고 나타났다 그대는 언제나 떠남의 의미로 나를 찾아왔다 나는 반평생 그대를 생각하다가 그대를 잊었다가 또 간절하게 그리워하다가 부실한 수레바퀴를 다 굴려버리고 말았다 그대는 내게 사람으로 보이다가 허깨비로 보이다가 지금은 그것조차도 사라져 버렸다 그래도 내 눈은 그대를 그린다 그대의 모습을 만든다 입김으로 그대의 목소리를 살리고 낡은 그대 음영陰影에 새로운 생명을 불어넣는다

그대는 내게 인연이란 이름으로 다가와서 무연無緣히 멀어져 가버렸다 무수한 그대들의 허깨비가 난무하는 곳에 나는 내게 인연의 수레바퀴를 굴려준 그대를 찾는다 허구 많은 그대들 속에서 단 하나, 그대를 찾는다 그대는 나를 스쳐갔다 스쳐간 인연을 찾아 헤맨다 무거운 옷을 입고 나타났다가 만남보다 더 큰 떠남을 가르쳐 주고 떠난 그대를 그리워한다 내 삶의 진정한 눈물의 그대를,

저만큼, 그것은 우리를 지나갔다

우리가 어제 점심을 먹던 탁자 밑에는
클로버 잎사귀가 무더기로 피어 있었는데
송송한 잎사귀 중에 혹시 네 잎이 없는지
살피고 또 살펴보곤 했다
오늘은 너와 헤어져 창가에 내리는 비를 보면서
그 탁자도, 클로버 잎사귀도 비에 젖어
쓸쓸하게 저물어가고 있을 풀밭을 그려본다
문갑 위에는 어제 네가 사 준
알스트로메리아 꽃들이 더 많이 열리고
경쟁하듯 사다 모은 화분의 꽃향기가
비 오는 날의 음울한 풍경을 지우듯 풍겨온다
요염한 꽃들과 관엽이 문갑 위에 가득하다
일상의 창구窓口처럼 우리들은 강변을 산책했다
꽃망울이 가득 맺힌 나무 아래서 김밥을 먹고
마트도 기웃거리며 시간을 흘려보낸다
노년은 무엇인가가 자꾸 떠나버리는 것 같은
생각들에 몰려버린다
아직은 다가오지 않았다고 했던 그날의 일들이
순식간에 떠나버렸다는 막막함에 맞닥뜨리고 있다
우리는 간과看過하며 그것들을 보내버렸다

저만큼, 그것은 우리를 지나갔다

앞쪽, 뒤쪽 창문에 수많은 빗방울들이 맺혔다

종이 한 장 사이에

요즘 너무 먼 거리에 있는 이야기를 읽다 보니 멀리와 또 가까이 있는 것에 대한 비교를 자주 하게 된다 나와 내 안의 미세한 입자粒子들과 내 밖의 멀고 거대한 것들이 자꾸 대립 되는 모습으로 떠오른다 나의 모든 세세한 일상과 내 밖에서 톱니처럼 돌아가는 어떤 시공時空의 거대한 규칙들이 나의 작은 내면의 생각들과 거미줄 같은 관계를 만들면서, 내 안으로 스며들어 오는 착각을 갖게 된다 나는 이 모든 것들과 연결되어 있으면서 독자적인 움직임을 하는 듯이 보이고 내가 그 속에서 어떻게 해야 되는지도 생각해 보게 된다

최근의 나의 자각이란, 한마디로 작다, 지극히 작다, 또한 눈에 보이지 않는 모든 것들에서 정말로 나는 크다, 실제로 지극히 작은 것과 무한히 큰 것 사이에 내가 있다, 내가 있으므로 나를 보고, 작은 것을 보고, 또 큰 것을 본다, 나는 아무것도 모른다고 생각했는데, 내가 갇힌 봉창 구멍을 뚫고 바깥을 내다보려 하고 있다

내 안의 것들과 내 바깥의 것들 사이에 내가 있다, 하루의 반나절은 자고 반나절은 깨어 있으면서 움직임은 정말 시시한 것들로 이어지고 있으며 나머지의 시간도 부실하기 짝이 없다 그 속에서 끊임없이 생각들을 굴려

나간다 그 또한 가볍고 천박한 것들이다 종이 한 장 사이에 끼워진 나는 어떤 자각을 가져야 할까, 종이 한 장 사이에서 새벽을 맞았다 오늘은 어떤 하루의 두루마리가 펼쳐질지, 알 수 없다

안전문자

비가 저렇게 많이 오고 있으니 무서운 생각이 듭니다 레이더 사진을 보니 한반도가 온통 빗속에 갇혔습니다 물이 넘쳐나는 조그만 땅 위로 거미 같은 사람들이 떠내려가고 있어요 용감한 친구는 제 속의 비바람을 따라 나갔다가 빗물 속을 걸어서 집으로 오고 있는 중이라 합니다 나약한 우리는 심신을 다 적시는 빗속으로 나갈 수 없어 창가에서 한없는 빗물을 받고 있습니다

빗속에도 날은 어두워 고층 빌딩 창문들이 불을 켭니다 그리고 모두들 비의 감상에 푹 빠져 있을 것입니다 비의 눈물을 받아 숟가락을 적시며 저녁은 드셨는지요 이제 밤은 가랑이가 젖은 채로 끝없이 어둡고 검은 길을 걸을테지요

안전문자가 왔습니다 호우경보, 상습침수, 산사태를 조심하고 외출자제, 안전에 주의하라고 국민 모두에게 보내는 안전문자입니다 우리는 이렇게 친절한 나라의 행복한 국민입니다 하지만 어쩐지 퍼붓는 물속에 떠내려가는 듯 내려꽂히는 빗줄기는 무섭습니다 비는 언제쯤 걷힐까요 위성사진을 보면 예보는 끝없이 비만 데려옵니다 빗속에 모두들 갇혀버렸습니다

태풍 마이삭

바람이 창문을 거세게 두드린다
가끔 괴성을 지르는 여인의 날카로운 목소리같이
초저녁 잠에서 깨어난 나는 이 거센 물음 앞에
다시 잠들 수가 없어 창가에 쏟아지는
빗줄기를 바라보며 앉아있다
레이더 영상 속의 나라는 온통 푸르고 빨간빛이다
작은 나라 하나를 거센 구름 뭉치들이 덮어버렸다
피신할 곳도 없는 어린 짐승들은
물과 바람의 한가운데 갇혀버렸다
집이 송두리째 날아 가버릴 것 같다
우리에게 평화로운 시간들이 언제 있었던가,
모든 잠은 어둠의 세계를 헤매고 있고
잠들지 못하는 자는 거센 바람의 언덕 위에
저마다 홀로 떨며 서 있다
먼데 불빛이 소용돌이치는 어둠을 지키고 있다
이 시간 뒤 우리는 어디를 향해 걸어가야 할까,
파괴의 신들이 난무하는 한 밤
바람의 촛불 같은 기억들이
오글오글 모여들고 있다

플라타너스 기억의 숲 1

플라타너스 나무들이 늘 자유를 꿈꾸고 있는
기억의 숲 그늘 밑으로 가끔 소풍을 간다
오랜 세월 여기 서서 혼란의 시절을 지켜본 나무들이
아직도 건재하며 띄엄띄엄 굵고 튼튼한 기둥으로
가득히 하늘을 올려다보는 풍경은 밝고 싱그럽다
널따란 평상 위에서 점심을 먹고 이야기하는 사람들
듬직한 나무 기둥에 기대앉아 소곤거리는 연인들
함께 떠드는 사람, 혼자 앉아있는 사람
지나온 여름, 많이도 시끄러웠을 시월의 나무가
이제 겨울로 갈 준비를 하고 있는 듯하다
여기에 밤이 오면 어떨까, 생각해 본다
잎사귀 하나하나마다 별들이 걸려 있을테지
어쩌면, 고요와 침묵의 그림자를 밟고 나무들은
일제히 일어서서 자갈마당을 서성이지 않을까,
묵중한 삶의 발걸음에 귀 기울이면서
영원을 꿈꾸지는 않을까,
플라타너스 나무 숲에 오면 언제나 나는
저 먼 기억으로부터 걸어 나오는 수많은
시간의 이야기들이 날아다니는 것 같다

플라타너스 기억의 숲 2*

플라타너스 나무들의 시간은 소중하다
지난밤 새도록 걸어 다닌 나무들이
아침이 오면 일제히 세수하고
동녘의 빛을 받아들인다
푸른 잎사귀들 밑으로 고이는 생명의 기운을
듬뿍 마신 나무들의 아침은 고결하다
첫걸음으로부터 멀리 걸어온 굵은 기둥들이다
역사의 상처는 아물고 병정놀이는 끝나고
이제 나무들을 한곳으로 모아 촘촘한
기억의 숲 하나를 만들었다
먼 뒷날 이곳에 놀러 온 사람들은 모두가
평화를 이야기하고 평화의 그늘 밑에서 쉴 것이다
영원으로 가는 나무가 그들을 영접한다
긴 세월도 가만히 서서 침묵했다
한그루 한그루마다 고요의 샘물들이 고여서
어떤 영혼들은 밤마다 두레박을 내린다
플라타너스 기억의 숲속에 놀러 온 나는
늙은 나무들의 역사를 읽을 수 있을까,
플라타너스 기억의 숲 아래 나는
잠시 서성거리다 떠나는 나그네이다

맑고 차가운 샘물에 손 한번 적시다 가는,

* 하얄리아 미군부대가 시민공원이 되었다. 오래 그곳에 서 있던 플라타너스 나무들을 한 곳으로 모아 "기억의 숲"이라 이름 지었다.

햇살

눈부신 햇살 따라 공원 쪽으로 걸어갔다
국화꽃 화분이 가득 가을을 즐기고 있다
나무도 수천의 잎사귀로 가을을 날리고 있었다
좀 더 가을 쪽으로 걸어 들어갔다
발밑에는 새파란 클로버가 잔잔히 깔려있고
사람들도 가을 속으로 들어가고 있었다
햇볕이 자글자글한 나무 벤치에 앉았다
여기서 윗옷을 벗어놓고 볕을 즐기면
비타민 D가 만들어질까,
아무에게도 전화하고 싶지 않았다
마스크를 벗고 무엇인가를 꺼내 먹었다
햇살이 자꾸 가고 있다는 생각에
점심도 거른 채 가방에 요깃거리를 넣어왔다
공원을 가로질러 찻길 건너 서점까지 갔다
거기서 책 한 권 사고 다시 지하철을 타고
정형외과로 갔다, 물리치료를 받았다
그래도 많이 걸어 다리가 절룩거린다
저녁엔 뉴스를 보고 책을 읽을 것이다

이상한 꿈

어릴 때 참 이상한 꿈을 꾸었다 별들 사이로 날아가는 꿈이다 어딘지 모르는 공간 속을 날아가는 꿈이다 너무도 비현실적인 그네들의 시를 읽고 내 시가 모두 이상하여졌다 말이 되지 않는 것들 사이로, 말이 된 것들 사이로 이상한 구름이 뭉게뭉게 피어오르기 시작했다 세상 모든 것이 이상해지기 시작했고 나는 이상한 구름 위로 두둥실 날고 있었다

별빛은 처음부터 끝까지 정직하게 멀리서 빛나는 메시지를 전해오고 있었다 나는 먼 별들의 나라를 향해 날아가고 있었다 수많은 지층 사이에 난쟁이처럼 갇히기도 하고 이리저리 우왕좌왕하며 분신들을 만들기도 했다

모든 것은 환상일 뿐이라고 할머니가 말씀했다 할머니와 나는 덧문이 있는 남쪽 창 밑 방에서 잠자리에 들었는데 부엌 샛문을 통해 내 영혼은 밤마다 빠져나가 별들 사이로 헤매고 있었다 눈이 안 보이는 할머니가 조그맣게 부르는 소리조차 들리지 않는 나는 별들 사이로 자꾸 날아가고 있었다 얼마만큼 가면 그 이상한 세상이 멈출 수 있을까,

나는 돌아오지 않을 만큼 멀리 가서 시간의 강여울 너머 사라졌다 그 사이 낯익은 얼굴들은 모두 먼 별이 되

었다 모든 것은 이상하게 내 곁에서 하나, 둘 멀어져 갔
다

할머니와 비스킷

남쪽 창 앞에 햇살이 환하다 따뜻한 아랫목 이불 밑에 데워진 놋그릇의 하얀 쌀밥 반 그릇과 그 속에서 같이 데워진 구운 생선 한 토막, 학교에 다녀온 나에게 내놓은 할머니의 성찬이다 할머니는 막내 손녀를 위해 자신의 아침밥을 반만 먹고 고기반찬까지 남겨서 나를 기다린다 추운 곳에서 돌아온 나는 그 따뜻한 밥 반 그릇과 구운 생선 한 토막이 그렇게 맛있을 수가 없었다 먹다 남긴 밥의 윗부분이 약간 삭아서 달짝지근한 맛이 느껴지는 그 밥을 게눈 감추듯 먹었다

매일 밤 전깃불도 없는 작은 방에서 잠자리에 누울 때는 살그머니 일어나 벽장에 숨겨둔 박하사탕 두 개를 끄집어내어 한 개씩 나눠 입에 넣고 서로가 즐거워 했다 누군가 어른을 뵈러 올 때 가져온 과일이나 과자를 남몰래 숨겨두었다 나만 꺼내 주셨다 스무 살이 다 되도록 할머니의 젖가슴을 만지며 잠들었고 할머니도 기꺼이 자신의 모든 것을 나에게 내주셨다

어릴 때 별을 하나 오래도록 바라보면 별빛이 눈에 사물거리며 노란 무늬로 퍼져가는데, 비스킷 과자처럼 생긴 무늬들이 모두 웃고 있는 할머니 얼굴로 보였다 참 이상한 눈의 환각이 모두 할머니 얼굴이 되었다 나는 때때

로 그것을 넋 잃은 듯 보면서 할머니가 돌아가셔도 저 별빛만 바라보면 되겠구나, 하는 생각이 들었다

국민 마스크

우리들은 마스크 인생 속에 있다
처음에는 권유했던 마스크가 이번엔 법을 안고 걸어온다
마스크 하나를 사기 위해 길거리에 장사진을 이루고
전철 안에선 모두 점잖은 마스크 신사가 되어있다
국민 마스크, 필수 마스크, 소중한 방역 마스크
마스크 하나로 시비가 붙고 격투가 일어나고 잡혀가고
얼굴의 절반을 가리고 소통을 멈추어야 비로소
안심이 되는 마스크 하루
너도나도 마스크를 쓰고 주먹 인사를 하고
이상한 세상 속에 들어와 버렸다
귀한 마스크가 때로는 거리에 떨어져 짓밟히고 있다
이젠 흔해 빠진 마스크를 행여 잊을까
가방 안에도 있고 현관 앞에도 걸려있고
아까워 살살 씻어 다시 쓰기도 하고
안주머니에 지전 한 장처럼 보관돼 있다
그렇게 한 일년을 살다보니 옷보다 소중한 마스크다
요즘 세상엔 마스크가 우리를 끌고 간다
우리는 마스크에 이끌려 간다

빗소리

빗소리를 들어보세요, 지금 창밖에는 비가 오고 있어요 하나하나의 방울들이 모여서 멀리 구름처럼 몰려오는 작은 함성 같이 한밤중 비가 오고 있어요 시계는 새벽 3시를 향해서 가고 바깥은 모든 어머니가 젖어있을 것이예요 가만히 자연의 음향을 들어 보세요 '우주를 알아야 할 시간'이라는 책을 한 시간쯤 읽었어요 캄캄한 하늘 은하수 별들이 보이는 밤의 언덕에 한 사람이 서서 하늘을 올려다 보는 그림이예요 이 빗소리와 저 은하수가 무슨 연관이 있을까요 나의 밤과 베갯머리와 먼 우주가 무슨 관련이 있을까요

우주는 팽창한다고 말했지요 나의 별과 그대의 별이 자꾸 멀어져 가겠네요 빗소리가 먼 화음으로 깔리는 밤의 머리맡에서 나는 또 나머지 잠을 찾으러 갈까 해요 이렇게 오붓한 시간 속에서 애써 삶의 리듬을 따라가야 하네요 나는 포근한 빗소리 속에 누워 있고 모든 책들은 침묵하고 있습니다 지금은 불을 끄고 빗소리를 들어야 한다고요 빗소리가 나직나직 밤을 데리고 갑니다 이루지 못한 꿈들을 데리고 갑니다

아스트라 제네카

아스트라 제네카,
얼마후 내가 맞아야 하는 백신 이름이다
이 이름이 무수히 많이 뉴스에 나오고
유튜브가 떠들어대고 찬반이 엇갈리는 것은
간혹 혈전을 일으킨다는 이상한 소문 때문이다
혈전이란 피가 엉기는 무서운 증세이다
도대체 그 위험물질을 왜 몸속에 주입하나,
그래도 안 맞는 것보다 맞는 게 이득이란다
전 세계를 일 년 이상 휩쓰는 코로나 19
지금까지 요리조리 용케 피하며 살아왔는데
아직도 만연한 코로나 때문에 사람들은 지치고
삶은 피폐해지고 경제는 엉망이고
하루에도 수백 명, 어떤 나라는 수천 명 확진되고
묘지가 모자라 시체들이 쌓인다는 소문이다
아스트라 제네카는 희망의 등불일까,
모두가 주사 맞고 집단면역 형성되면
안심하고 살 수 있는 세상이 될 것이라고 하는데
저 무서운 독물을 몸속에 주입하고 다행히
더 무서운 바이러스를 퇴치할 수 있다면
아스트라 제네카는 구원의 약물이 될까,

선택할 여지없이 우리는 오래 위태한
담벼락 길을 걸어왔으니 정말 어쩔 수 없이
팔뚝을 걷어올려야 할까,

바람 떼들

요즘 장을 보러 가거나 볼일이 있어 문밖을 나서면 어디서 기다리고 있었던 듯, 바람이 휘몰아쳐 그냥 둥둥 바람 속에 떠밀려 가는 것 같다 바람의 기세가 어찌나 센지 몸피 작은 나를 날려버리기라도 하듯, 거친 바람 떼들을 거리에 부려놓고 횡포를 부리곤 한다 사람들은 종종걸음치기도 하고 챙모자를 꼭 잡고 걷기도 하고 머리카락을 마구 휘날리며 황당한 모습들이다 어서 일들을 보고 고요한 집으로 들어가야지, 나는 이 바람 떼의 악다구니가 몹시 거슬려 조용한 집 생각이 간절하다 거기서만 나를 찾을 수 있고 온전한 나를 맞닥뜨릴 수 있을 것 같다 그리고 그곳이 정말 행복한 곳일 것 같다는 생각도 든다 전선줄이 울고 깃발이 나부끼고 종이 부스러기가 날아가고 차들이 속력으로 달려가고 어느 것 하나 멈춘 것이 없다 모든 것이 줄줄이 밀려간다 그것이 알 수 없는 삶의 행렬 같기도 하다 내 마음도 황당한 느낌으로 밀려간다 우리는 지금 어디서 와서 어디로 가고 있는 것일까,

우리는 뉴스를 본다

세상일이 관심이 많고 세상일을 알고 싶어
때때로 뉴스 앞에 앉는다
지구촌 이야기들이 생생한 영상으로
우리 앞에 펼쳐진다
오늘도 코로나에 수백 명이 확진되고
이웃 나라엔 수천 명이 확진되고
수십만 명까지 확진되는 나라도 있다
수천 명이 죽고 장작더미 몇 개로
여기저기 불꽃을 피우고 시신들을 태운다
사람들은 울부짖고 산소통이 모자라 아우성친다
지구촌의 비극이다
어디서 이 비극은 시작됐을까,
마스크가 없으면 거리에 나서지 못하고
정다운 만남도 나눌 수가 없다
모든 뉴스가 비극을 품고 있는 듯하다
재앙에 뒤덮인 지구촌이다
세상은 고장 나 덜커덩거리는 수레 같다
그래도 우리는 하루 세끼 밥을 먹고
아슬아슬 목숨의 벼랑길을 걸어간다
처참한 세기의 뉴스와 함께 간다

지난밤 꿈에

지난밤 꿈에 당신을 보았습니다 당신은 그저 조용한 극장에서 한 편의 영화를 기다리는 사람처럼 그렇게 앉아 있었습니다 나는 내 곁에 앉은 이가 당신이라는 걸 알아챘습니다 우리는 오랜만에 만나서도 서로가 반가운 기색도 없었습니다 나는 그저 당신이 여기 있었구나, 생각하는 정도였습니다

당신은 이 세상에 와서 무엇을 남기고 갔습니까, 당신이 세상을 떠날 때도 아무 일 없었고 내가 세상을 떠난대도 세상은 아무렇지도 않을 것입니다 우리는 어떤 흔적도 없이 세상을 다녀가는 것이 됩니다 조그맣게 세상을 다녀가는 그 시간 사이에, 내가 징검다리도 없는 냇가에서 망설이고 있을 때, 그저 손을 내밀어 냇물을 건네주는 인연으로, 그리고 초원에서 헤매고 있을 때, 곁에서 가끔 함께 걸어주는 인연으로 우연히 만나 오래 얼굴을 익혔습니다

당신은 헐벗은 진실과 무심의 조용함으로 거기 늘 그렇게 있었습니다 지친 내가 가끔 찾아가면 당신은 또 다른 방으로 안내해 편히 쉬게 하였습니다 우리 사이는 그랬습니다 힘든 삶의 길에 잠시라도 앉아 쉬게 하는 좋은 길동무였습니다

그러한 당신이 떠나고 해가 바뀌고 나는 별 슬픔도 없이 살아가고 있습니다 다만 내가 답답하거나 외로울 때, 찾아갈 벗이 저기 없다는 쓸쓸함만 남았습니다 당신도 나도 남긴 것 없이 떠나야 하는 세상, 우리는 먼 우주의 한 점 티끌임이 분명합니다 그 티끌들이 모여서 아웅다웅 살아가는 세상의 한끝에 서서 당신에게 묻습니다 거기는 존재의 깊이를 알 수 있습니까,

당신은 늘 허름한 모습 그대로 소박한 것들에 묻혀 삶의 외곽을 걸었지요 혼자서 농사짓고, 혼자 밥 먹고, 혼자 글 쓰고 섞여 있어도 늘 혼자였습니다 아무 관심도 없이 살다가 혼자 떠났습니다

세상은 보듬어 사랑해 주어야 할 일들로 가득 차 있고, 그 사랑은 한 잎 한 잎 고갈되어 흩날립니다 그것을 바라보고 있는 남은 시간입니다

다층적 응시의 상상력과 존재 탐구의 시정신

박진희(문학평론가)

김선희 시인이 아홉 번째 시집 『금성에 관한 소문』을 상재했다. 2019년 『산과 호수와 바람』이라는 시선집을 발간했지만 시집으로는 2017년 『가문비나무 숲속으로 걸어갔을까』 이후 4년 만이다. 시집은 총 4부로 구성되어 있는데 1부에 우주와 천체에 관한 시를 모아 수록하고 있다는 점이 특징적이다. 김선희 시인의 시세계는 이와 같은 우주에 관한 시뿐만 아니라 일상에서 일어난 평범한 사건을 비롯해 코로나나 미세먼지, 개발과 같은 사회적인 문제, 자연과의 동일화, 존재에 대한 사유에 이르기까지 다루고 있는 소재의 스펙트럼이 매우 넓은 편이다.

1.

『금성에 관한 소문』을 꼼꼼히 읽어 보면 여기에 수록된 시편들은 대체로 '제작으로서의 시'라는 언표와 거리가 멀다는 생각이 든다. 압축, 상징, 수사 등과 같은 시적 긴장을 위한 장치는 찾아보기 어렵고 현실에서 일어난 사건이나 의식 속에서 펼쳐지는 사유를 그대로 진술한 것이 대부분이기 때문이다. 시의 제목도 시의 첫 구절이나 마지

막 구절에서 따온 경우가 많다. 이러한 창작 방식을 단선적으로 설명한다는 것은 불가능한 일일 것이나 의식적으로든 무의식적으로든 시인의 존재에 대한 탐구와 관계가 있는 것으로 보인다. 말하자면 존재에 대한 인식, 혹은 그 탐구의 태도가 시의 내용과 형식을 규정하고 있다는 의미이다.

이를 살펴보기 위해 우선 그의 시를 '거리화' 내지 '시선'이라는 측면에서 접근해보기로 한다. 김선희 시인의 시들에서는 끊임없이 주체를, 주체가 속해 있는 시간과 공간에서 거리화시키고 나아가 그 자신에게서도 분리시켜 응시의 시선을 생성한다. 그리고 그 시선은 대상에 대한 주체의 일방적인 시선이 아니라는 점에서 특징적이다. 그의 시에서는 대상을 세심하게 관찰하는 주체와 그러한 주체를 응시하는 또 다른 시선과 마주치게 되기도 하고 주체와 객체의 전복된 시선 또한 드물지 않게 확인할 수 있다.

> 내가 만약 달에 가서 지구를 바라본다면
> 지구는 어두운 밤하늘에 떠 있는
> 커다란 푸른 유리구슬이다
> 하얀 구름에 가려있는 육지와 바다의 모습
> 투명한 푸른 속이 환히 보일 것 같은
> 빛나고 아름다운 유리구슬
> 눈이 부시도록 찬란한 일들만 일어날 것 같은
> 향기롭고 둥근 한 송이 꽃 위에서
> 권모술수나 사기, 폭력, 살인의 죄악이

눈을 씻고 바라보아도 찾을 수 없을 것 같은
그런 생각이 든다
약육강식으로 세상을 물들이는 일은 절대로
일어날 것 같지 않은 고귀한 구슬
내가 만약 달에 가서 지구를 바라본다면
저 둥글고 청명한 곳으로 날아가
살아보고 싶은 소망이 용솟음칠 것이다
밤하늘의 달을 바라보면서 우리가 꿈꾸었듯이
계수나무도 토끼도 없는 쓸쓸한 땅 위에서
언제쯤 그곳에 날아가 볼 수 있을까
꿈꾸었을 것이다

—「누군가 달에서 지구를 보았다」

'달'은 시에 자주 등장하는 자연물로 주로 그리움, 쓸쓸함 등과 같은 정서를 발현한다. 여기에는 당연히 "밤하늘의 달을 바라보"는 시적 주체의 행위가 전제되어야 함은 물론이다. 그런데 위 시에서는 상상적 차원이긴 하지만 그 시선이 전복되어 있다. 시적 자아가 발을 딛고 있는 공간은 '지구'인데 이 시는 "달에서 지구를 보았다"는 전도된 가정에서 전개되고 있기 때문이다. 지구에 속해 있는 시적 자아는 지구를 볼 수 없다. 숲속에서 나무는 볼 수 있어도 숲은 보지 못하는 것과 같은 이치이다. 시인은 "내가 만약 달에 가서 지구를 바라본다면"이라는 가정을 통해 시적 자아를 지구와 분리시켜 시선을 확보하고 있다.

"투명한 푸른 속이 환히 보일 것 같은 / 빛나고 아름다운 유리구슬", "눈이 부시도록 찬란한 일들만 일어날 것 같은 / 향기롭고 둥근 한 송이 꽃", "권모술수나 사기, 폭력, 살인의 죄악이 / 눈을 씻고 바라보아도 찾을 수 없을 것 같은", "약육강식으로 세상을 물들이는 일은 절대로 / 일어날 것 같지 않은 고귀한 구슬" 등이 '달'에서 본 '지구'에 대한 다양한 묘사다. 가히 예찬이라 할 만한 표현들이다. 그러나 그것은 "밤하늘의 달을 바라보면서 우리가 꿈꾸었"던 '계수나무, 토끼'와 등가를 이루는 수준이 아닐 수 없다. "계수나무도 토끼도 없는 쓸쓸한 땅"이 달의 현실이듯 묘사된 바는 우리가 꿈꾸는 지구일 뿐 현실은 그와 정반대라 할 수 있는 것이다.

이러한 시선의 전복을 통해 지구의 핍진한 현실을 우회적으로 드러내보이는 것일 수도 있고 꿈과 현실의 거리를 보여주는 것일 수도 있겠다. 주목해야 할 점은 전체와 부분, 혹은 동일화된 대상과의 거리를 상정하는 것, 그리고 그 거리화를 통해 어떠한 시선을 확보하는 구도이다. 이 시집에서는 이처럼 관습화된 주체의 일방적인 시선을 배제하고 상호적이거나 주체를 응시하는 또 다른 시선을 상정하는 구도를 어렵지 않게 확인할 수 있다. 「저녁」이라는 시도 그중 하나인데 위 시가 '달'이라는 먼 거리의 공간을 배경으로 하고 있다면, 「저녁」은 보다 밀접적이고 현실적인 공간인 '도시'를 배경으로 하고 있다는 점에서 차질적이다.

이 도시에 까닭 없이 저녁이 와서

산의 그림자가 꺼멓게 선명해질 때
문득 그 그림자를 가리는 높은 빌딩들에
저만큼 산은 더 멀어져 버렸다
빌딩들이 하나, 둘 불을 켠다
갑자기 무슨 서늘한 질감을 느꼈던지
가득한 빌딩들의 도시가 낯설어진다
차들은 이 저녁도 치열하게 달리고 있다
창가에 서서 어둠 속 잠겨가는 도시를
바라본다, 도시도 나를 바라본다
문득 곁에 내려앉은
저녁의 빛깔들을 생각한다
저녁의 사람들이 흘러가는 것을 본다
종내에는 모든 사람들이 혼자의 시간으로 돌아가
꽃처럼 피어난 불빛을 바라보며 사색할 것이다
도시의 산들은 뒤로 물러나 어둠에 묻히고
아직 어딘가에 다다르지 못한 사람들은
서로를 스치며 지나갈 뿐이다
우리의 예상도 모두를 스치며 빗나갈 뿐이다
이 도시에 까닭 없이 저녁이 와서
바람처럼 떠돌다 온 그림자 하나 지워진다

—「저녁」

시적 자아는 "창가에 서서 어둠 속 잠겨가는 도시를" 응시하고 있다. '하나, 둘 불을 켜는 높은 빌딩들'로 '저녁'은 '저녁'일 수 없게 되고 "저만큼 산은 더 멀어져 버"린다.

"차들은 이 저녁도 치열하게 달리고", "아직 어딘가에 다다르지 못한 사람들은 / 서로를 스치며 지나갈 뿐이다" 이처럼 시적 자아에게 '도시'는 파편화된 대상들이 부유하는 공간으로 인식되고 있다.

한편 '빌딩'과 이항대립적 관계에 있는 '산'은 자연의 대유로 구현된다. 자연은 이법이자 영원의 세계이다. 그러므로 "높은 빌딩들에 / 저만큼 산은 더 멀어져 버렸다"는 것은 영원을 잃어버린, 불확실성의 현대를 의미화한 것이라 할 수 있다. "우리의 예상도 모두를 스치며 빗나갈 뿐"인 까닭도 바로 여기에 있는 것이다.

중요한 것은 시적 자아가 "어둠 속 잠겨가는 도시를 바라보"고 있는 것만이 아니라 "도시도 나를 바라본다"라고 인식하고 있다는 사실이다. 「건물 뒤편」이라는 시에서도 유사한 양상을 확인할 수 있다. "늙수그레한 몸빼바지의 그 여자"의 시선을 통해 "건물 뒤편 풍경 하나 놓치지 않고" 세밀하게 묘사하고 있지만 "옆에 세워둔 낡은 기계 차를 손보는 남자와 / 어쩌면 하나의 풍경으로 낡아가는 그들의 모습을 / 어디서 또 누가 지켜보고 있을까,"라고 주체에 대한 또 다른 응시의 시선을 마련해두고 있기 때문이다.

일방적이지 않은 이러한 시선을 탈중심적이라 해도 좋고 상호주체적이라 해도 좋다. 중요한 것은 그 까닭일 것이다. 그것은 첫째 시인이 인식하고 있는 현대의 속성에서 찾을 수 있다. 「저녁」에서 드러내 보이고 있는 바와 같이 현대는 영원을 잃어버린 불확실성의 세계라 했다. 주체의 대상에 대한 인식 또한 그것이 진실에 근접해 있는 것인지 확인할 방법도, 따라서 확신도 할 수 없다. "두 손을 합장하고 반복적으로 경문經文을 외고 있으면 내가 현실 속에 있는 것인지, 경문과 경문의 행간에 있는 것인지 허공에 둥둥 떠 있는 것인지, 또 나는 없고 소리들만 들려오는 것인지 이상할 때가 있다 // … // 지금 왜 살고 있으며 어디로 가고 있으며 무슨 불만 속에 탄식하고 있는지, 정신이 어떻게 몰락해 가고 있는지 도무지 알 수 없다"(「독백」)에서 보듯 시인은 끊임없이 존재와 그 당위성에 대해 묻고 회의하고 확인하고자 한다. 영원을 잃어버린 세계, 진실에 대한 불확실성, 이것이 주체의 일방적인 시선을 강요할 수 없는 첫 번째 이유다.

둘째는 '미미한 존재'로서의 인간에 대한 자각에서 찾을 수 있을 것이다. 이 시집의 1부에는 우주와 천체에 관한 시들이 수록되어 있다고 했는데 이들을 관류하는 시정신이란 바로 '미미한 존재'로서의 인간에 대한 자각이라 할 수 있다. "지구는, 광대무변한 은하계 저쪽 한구석을 / 떠도는 조그마한 별 / 우리는, 그 작은 별 위에서 태어난 한 점 생명"(「지구는,」)이라는 것이, 시인이 인식한 인간의 위치다. 시인은 시 곳곳에서 "내 존재의 가치가 너무도 작기 때문"(「밤마다 천체」)이라든가 "우리는 얼마나 작고 미미한 존재들인가"(「작고 미미한 점 하나」)라고 토로하고 있다. 만물의 영장이라 하는 인간, 중심적 존재인 주체란 바로 이러한 '미미한 존재'들인 것이다. 시인이 탈중심적 시선, 상호주체적 시선을 취하는 까닭이 여기에 있다.

2.

시선이란 시간적으로든 공간적으로든 대상 간의 거리가 있어야 가능해진다. 자아와 대상, 주체와 객체와 같은. 그런데 시인의 시에서는 '자아에 대한' 자아의 집요한 시선을 어렵지 않게 확인할 수 있다.

> 고요가 넘치는 방안에 누워서 나는 약을 한 개 먹고도 잠을 이루지 못한다 바람처럼 누비고 다녔던 영상들이 아직도 가시지 않았을까, 병원 복도에서 만난 사람이 전해준 뜻밖의 소식, 멀쩡하던 그가 아프다고 한다 심장의 핏줄이 막혔다고, 나는 피를 뽑고 검사를 하고, 지하 식당으로 내려가 굴국밥을 사 먹고 결과를 기다리고, 약을 타고 돌아와 어떤 일들을 의논하고, 손수레를 끌고 마트에 간다 돌아오면서 동행인과 티격태격 말다툼을 하고, 야채를 다져 넣고 볶음밥을 만들고, 저녁을 먹고 설거지를 끝낸 뒤 메일을 하나 보냈다
>
> ―「메일을 하나 보냈다」

위 시는 시적 자아가 잠자리에 들어 하루 동안 "바람처럼 누비고 다녔던 영상들"을 리플레이하고 있는 형식으로 구성되어 있다. 시간의 흐름에 따른 사건을 건조하게 나열하고 있을 뿐 시적 자아의 생각이나 감정은 철저하게 배제되어 있다. "나는 약을 한 개 먹고도 잠을 이루지 못한다"는 시구에서 불면증, 그리고 그것과 관련된 '약'을 떠올릴 수 있겠다. "바람처럼 누비고 다녔던 영상들이 아직

도 가시지 않았을까"라는 시구는 자신의 하루를 반추하는 행위가 꽤 오랜 시간, 여러 번 반복되었음을 말해준다.

이 시집에는 위 시와 같은 진술적 시가 많다는 특징이 있다. 흔히 시적 특징으로 꼽는 압축이라든가 상징, 수사적 장치 등이 없고 짧은 산문으로 봐도 무방할 듯한 시가 대부분을 차지한다. 이러할 경우 시적 긴장이나 세련된 이미지 등을 담보하기 어렵다는 것은 당위적 사실이다. 그럼에도 시인이 이러한 형식의 시를 고집하는 까닭은 전언한 바와 같이 불확실성의 세계에서 삶을 영위해야 하는 '미미한 존재'의 숙명 때문이다. 어떠한 경로를 우회하지 않고 보고 경험한 대로, 직핍적으로 묘사하고자 하는 것, 그것은 최대한 진실에 근접하고자 하는 의도가 만들어낸 시적 표현들이다.

또 다른 불면의 밤을 그리고 있는 시로 「밤 두 시」가 있다. 인용한 시가 자아의 행위 곧 외면에 관한 응시를 보여주고 있다면 「밤 두 시」에서 응시의 초점은 자아의 내면을 향하고 있다.

> 밤 두 시에 너를 읽고 나는 너와 다르다고 말했다 너는 나의 높은 곳이기도 하고, 나는 너의 낮은 곳이기도 하지만, 모양이 다르기도 하고 내용이 다르기도 하고 방향이 다르기도 하고 모든 것이 다르다고 했다
> 나는 너를 깊이 느꼈지만 너는 나를 느끼지 않고, 나는 너를 비교하기도 했지만 너는 비교하지도 않고, 너는 내 속에 있었지만 아주 커다랗고, 밤 두 시, 지금에만 커

다랗고, 다시 잠자리에 누우면 나는 너를 조그맣게 잊
어버릴 것이다
너는 나의 선망일 것 같지만 그렇지도 않은 것 같고, 너
는 나를 앞서가고 있었지만 그렇지도 않은 것 같고, 인
류라는 이름으로 함께 가고 있었지만 영 그렇지도 않은
것 같고, 너는 내가 만든 허상에 불과하다고 말하고 싶
었다
너는 내가 아니다, 나도 네가 아니다 하지만, 나는 너를
읽고 나는 너를 안다 열등감, 모욕감, 그런 것들로 점철
된 밤 두 시가 된 것 같은 비애를 느꼈지만, 나는 네가
아니다, 밤이 깊어가면서 나는 불안해졌다
나는 너를 읽고 상처받았다 너는 꽃잎처럼 소리 없이
지나갔지만, 그것은 면도날이었고 생채기에 배인 핏빛
은 근원적인 나의 슬픔이다 이것은 네가 아닌 나의 숙
명이며 나의 전부이며 내가 받아야 할 나의 과제들이다
너는 잠자는 나를 확, 깨우쳐 주었다 그러나 나는 감사
하지 않는다 너는 그저 물처럼 내 곁을 지나갔고, 혼돈
의 나는 차가워 화들짝 놀랐을 따름이다 그래도 너는
내가 아니다 내 안에 벗겨야 할 수많은 껍질들의 나일
뿐,

―「밤 두 시」

'너'의 정체는 무엇일까. 우선, "내 속에 있었지만 아주 커다랗"다거나 "밤 두 시"에만 커다랗고 '잠자리에 누우면 조그맣게 잊어버릴 것'이라는 점에서 '너'란 시적 자아의

의식 속에 자리하고 있는 관념적 대상임을 유추할 수 있다. '너'가 지시하는 바를 명징하게 밝히고 있는 것은 아니지만 묘사하고 있는 내용으로 보면 그것은 존재의 전일성 내지 본질과 같은 것이 아닐까 싶다. 자아 안에 있지만, 결코 동일화 될 수 없는 어떤 것, "나의 선망", "나를 앞서 가고 있"는 대상이라는 점에서 그러하다.

그러나 전언한 바와 같이 이 또한 진리인지 확인할 방법이 없다. 시적 자아가 "그렇지도 않은 것 같"다고 부정하거나 "내 안에 벗겨야 할 수많은 껍질들의 나일뿐"이라 규정하면서 '혼돈'에 빠져있는 까닭이 여기에 있다. 영원으로부터 추방된 존재, 세계에 내던져진 존재는 스스로를 규율해가야 하기에 불안을 내재할 수밖에 없다. 존재에 대한 탐구에 '불안', '근원적 슬픔', '혼돈'이 따르는 것은 여기에서 비롯된다.

이처럼 이 시집에는 대상과 세계, 자아 자신에 대한 다층적이면서도 집요한 응시가 산재해 있다. 그것은 시인의 존재에 대한 인식, 그리고 그에 대한 성실한 탐구와 긴밀하게 연결되어 있는 것이었다. 그것을 표현하는 데 있어서 시인은 무척이나 무심하고 건조하다. 최대한 시적 기교를 빼고 현실에서 벌어진 사건, 의식 속에서 펼쳐지는 사유를 있는 그대로 묘사하고 있기 때문이다. 이 또한 시인의 존재 인식과 관련되어 있는 것임을 살펴본 바 있다.

3.

김선희 시인의 시는 먼 것과 가까운 것, 외면적인 것과 내면적인 것을 매우 직핍적으로 표현하고 있다. 그런데 그것들은 동떨어져 있지 않다. 시인의 시들을 읽어가다 보면 문득 아주 멀리 있는 별과 특별할 것 없는 오늘의 일상이 맞물려 돌아가고 있다는 느낌을 받는다. 이를 아름답고도 애틋하게 보여주고 있는 작품이 「할머니와 비스킷」이다.

> 남쪽 창 앞에 햇살이 환하다 따뜻한 아랫목 이불 밑에 데워진 놋그릇의 하얀 쌀밥 반 그릇과, 그 속에서 같이 데워진 구운 생선 한 토막, 학교에 다녀온 나에게 내놓은 할머니의 성찬이다 할머니는 막내 손녀를 위해 자신의 아침밥을 반만 먹고 고기반찬까지 남겨서 나를 기다린다 추운 곳에서 돌아온 나는 그 따뜻한 밥 반 그릇과, 구운 생선 한 토막이 그렇게 맛있을 수가 없었다 먹다 남긴 밥의 윗부분이 약간 삭아서 달짝지근한 맛이 느껴지는 그 밥을 게눈 감추듯 먹었다
> 매일 밤 전깃불도 없는 작은 방에서 잠자리에 누울 때는 살그머니 일어나 벽장에 숨겨둔 박하사탕 두 개를 끄집어내어 한 개씩 나눠 입에 넣고 서로가 즐거워 했다 누군가 어른을 뵈러 올 때 가져온 과일이나 과자를 남몰래 숨겨두었다 나만 꺼내 주셨다 스무 살이 다 되도록 할머니의 젖가슴을 만지며 잠들었고, 할머니도 기꺼이 자신의 모든 것을 나에게 내주셨다
> 어릴 때 별을 하나 오래도록 바라보면 별빛이 눈에 사물거리며 노란 무늬로 퍼져가는데, 비스킷 과자처럼

생긴 무늬들이 모두 웃고 있는 할머니 얼굴로 보였다
참 이상한 눈의 환각이 모두 할머니 얼굴이 되었다 나
는 때때로 그것을 넋 잃은 듯 보면서 할머니가 돌아가
셔도 저 별빛만 바라보면 되겠구나, 하는 생각이 들었
다

–「할머니와 비스킷」

이 시 역시 '할머니'에 대한 기억을 사건 위주로 진술하는 형태를 취하고 있다. '할머니'가 "아침밥을 반만 먹고 고기반찬까지 남겨서" 학교에서 돌아온 시적 자아에게 주던 일, 잠자리에 들기 전 "벽장에 숨겨둔 박하사탕"을 나눠 먹던 추억이 2행까지의 내용이다. 1, 2행에서 시적 자아에게 "자신의 모든 것을" 내주었던 '할머니'의 사랑을 그리고 있다면 3행에서는 시적 자아의 할머니에 대한 애틋한 마음을 표현하고 있다. 별을 오래 보고 있으면 생기는 '눈의 환각'이 "모두 웃고 있는 할머니 얼굴로 보였다"는 것이 그 내용이다.

각각 다른 사건이지만 이것들은 미각적 이미저리로 연결되어 있다. "먹다 남긴 밥의 윗부분이 약간 삭아서" 내는 '달짝지근한 맛', '박하사탕'과 '비스킷 과자'의 달콤함이 그것이다. '할머니가 반만 먹고 남긴 밥'이나 '벽장 속에 숨겨 두었던 박하사탕'은 기억 속에만 존재할 뿐 다시 감각하는 것은 불가능한 일이다. 그러나 별 하나를 오래 바라보는 것은 여전히 가능하다.

'지금 여기'에서 감각할 수 있었던 것은 돌아올 수 없는 시공간으로 사라져버렸고, 멀리 있는 '별'은 '지금 여기'에서 '할머니'를 감각하게 하고 있다. 현실은 '생각' 속에만 존재하게 되었고 "그것을 넋 잃은 듯 보면서 할머니가 돌아가셔도 저 별빛만 바라보면 되겠구나, 하는 생각"은 현실이 되고 있는 셈이다. 먼 것과 가까운 것, 과거와 현재, 생각과 현실이 길항하면서 서정의 밀도를 높이고 있어 이채로운 느낌을 주는 작품이다.

4.

지나고 나서야 알아지는 게 있다. 역사가 그러하듯, 그때의 의미와 가치를 그때는 알 수 없다. 그 시간이 짧든 길든, 지나고 나서야 비로소 의미화할 수 있게 된다. 안타깝지만 어쩔 수 없는 일이다. "저만큼, 그것은 우리를 지나갔다"라는 시인의 탄식이 아픈 공감을 획득하는 것 또한 동일한 맥락에서일 터이다.

우리가 어제 점심을 먹던 탁자 밑에는
클로버 잎사귀가 무더기로 피어 있었는데
송송한 잎사귀 중에 혹시 네 잎이 없는지
살피고 또 살펴보곤 했다
오늘은 너와 헤어져 창가에 내리는 비를 보면서
그 탁자도, 클로버 잎사귀도 비에 젖어
쓸쓸하게 저물어가고 있을 풀밭을 그려본다
문갑 위에는 어제 네가 사 준
알스트로메리아 꽃들이 더 많이 열리고

경쟁하듯 사다 모은 화분의 꽃향기가
비 오는 날의 음울한 풍경을 지우듯 풍겨온다
요염한 꽃들과 관엽이 문갑 위에 가득하다
일상의 창구窓口처럼 우리들은 강변을 산책했다
꽃망울이 가득 맺힌 나무 아래서 김밥을 먹고
마트도 기웃거리며 시간을 흘려보낸다
노년은 무엇인가가 자꾸 떠나버리는 것 같은
생각들에 몰려버린다
아직은 다가오지 않았다고 했던 그날의 일들이
순식간에 떠나버렸다는 막막함에 맞닥뜨리고 있다
우리는 간과看過하며 그것들을 보내버렸다
저만큼, 그것은 우리를 지나갔다
앞쪽, 뒤쪽 창문에 수많은 빗방울들이 맺혔다

—「저만큼, 그것은 우리를 지나갔다」

위 시는 어제와 오늘, 과거와 현재가 교차하여 그려지고 있다. 가령 "우리가 어제 점심을 먹던 탁자"와 네잎클로버를 찾느라 "살피고 살펴보"던 풀밭을 오늘은 '그려보고' 있을 뿐이다. "어제 네가 사준 / 알스트로메리아 꽃들"은 예전부터 그랬던 듯 "경쟁하듯 사다 모은 화분"과 함께 문갑 위에 있다. 시적 자아의 의식은 '어제'와 '오늘'을 거쳐 '일상'으로 건너간다. '함께 강변을 산책 하는 것', "꽃망울이 가득 맺힌 나무 아래서 김밥을 먹고 / 마트도 기웃거리며 시간을 흘려보"내는 것은 자주 반복되는 일상의 일인 것이다.

다소 감성적이었던 시적 분위기는 "노년은 무엇인가가 자꾸 떠나버리는 것 같은 / 생각들에 몰려버린다"라는 대목에서 새로운 국면으로 전이된다. 시적 자아는 "막막함에 맞닥뜨리고 있다." "아직은 다가오지 않았다고 했던" 미래의 일이 "순식간에 떠나버"려 과거가 되어버렸기 때문이다. 현재가 없는 셈이다. 지나고 나서야 비로소 "저만큼, 그것은 우리를 지나갔다"고 알아차리게 되는 것이다. 우리가 "간과하여" 보내버린 것들은 어쩌면 특별한 것이 아닐지도 모른다. 함께 네잎클로버를 찾고 강변을 산책하고 나무 아래에서 김밥을 먹고 마트를 기웃거리는 것과 같은.

> 지난밤 꿈에 당신을 보았습니다 당신은 그저 조용한 극장에서 한 편의 영화를 기다리는 사람처럼 그렇게 앉아있었습니다 나는 내 곁에 앉은 이가 당신이라는 걸 알아챘습니다 우리는 오랜만에 만나서도 서로가 반가운 기색도 없었습니다 나는 그저 당신이 여기 있었구나, 생각하는 정도였습니다
> 당신은 이 세상에 와서 무엇을 남기고 갔습니까, 당신이 세상을 떠날 때도 아무 일 없었고 내가 세상을 떠난대도 세상은 아무렇지도 않을 것입니다 우리는 어떤 흔적도 없이 세상을 다녀가는 것이 됩니다 조그맣게 세상을 다녀가는 그 시간 사이에, 내가 징검다리도 없는 냇가에서 망설이고 있을 때, 그저 손을 내밀어 냇물을 건네주는 인연으로, 그리고 초원에서 헤매고 있을

때, 곁에서 가끔 함께 걸어주는 인연으로 우연히 만나
오래 얼굴을 익혔습니다
당신은 헐벗은 진실과 무심의 조용함으로 거기 늘 그
렇게 있었습니다 지친 내가 가끔 찾아가면 당신은 또
다른 방으로 안내해 편히 쉬게 하였습니다 우리 사이
는 그랬습니다 힘든 삶의 길에 잠시라도 앉아 쉬게 하
는 좋은 길동무였습니다
그러한 당신이 떠나고 해가 바뀌고 나는 별 슬픔도 없
이 살아가고 있습니다 다만 내가 답답하거나 외로울
때, 찾아갈 벗이 저기 없다는 쓸쓸함만 남았습니다 당
신도 나도 남긴 것 없이 떠나야 하는 세상, 우리는 먼
우주의 한 점 티끌임이 분명합니다 그 티끌들이 모여
서 아웅다웅 살아가는 세상의 한끝에 서서 당신에게
묻습니다 거기는 존재의 깊이를 알 수 있습니까,
당신은 늘 허름한 모습 그대로 소박한 것들에 묻혀 삶
의 외곽을 걸었지요 혼자서 농사짓고, 혼자 밥 먹고,
혼자 글 쓰고 섞여 있어도 늘 혼자였습니다 아무 관심
도 없이 살다가 혼자 떠났습니다
세상은 보듬어 사랑해 주어야 할 일들로 가득 차 있고,
그 사랑은 한 잎 한 잎 고갈되어 흩날립니다 그것을 바
라보고 있는 남은 시간입니다

–「지난밤 꿈에」

'당신'과의 순간들 또한 시적 자아가 '간과하여 보내버린' 것들 중 하나일까. 꿈속이라지만 "오랜만에 만나서도

서로가 반가운 기색도 없"고 "당신이 떠나고 해가 바뀌고 나는 별 슬픔도 없이 살아가고 있"다. 무심한 것 같지만 인생이란 또 그런 것이 아니겠는가. 시적 자아는 '당신'에게 "세상에 와서 무엇을 남기고 갔는지를" 탄식하듯 묻는다. 그 물음은 자아 자신에게도 해당되는 것이다. '우리'는 결국 "먼 우주의 한 점 티끌"이며 우리가 "세상을 떠난대도 세상은 아무렇지도 않을 것"이라는 결론에 이르게 된다. 허무할 따름이다. 시적 자아가 "존재의 깊이"를 물을 수밖에 없는 까닭이 여기에 있다.

"티끌들이 모여서 아웅다웅 살아가는 세상", 그러나 또 한편으로는 바로 그러하기에 "보듬어 사랑해 주어야 할 일들로 가득 차 있"는 세상이기도 한 것이다. "헐벗은 진실과 무심의 조용함으로 거기 늘 그렇게 있었"던 것은, '당신'이라는 존재이기도 하지만 '당신'과 '나'의 관계이기도 하고 "티끌들이 모여서 아웅다웅 살아가는" 일상이기도 하다. 어차피 '무한 우주 속에 티끌이고 바람이고 구름'인(「지난밤 꿈에」) 인간이라는 존재, 세상에 왔다 간 흔적이 거창하지 않아도 좋다. "징검다리도 없는 냇가에서 망설이고 있을 때, 그저 손을 내밀어 냇물을 건네주는 인연", "초원에서 헤매고 있을 때, 곁에서 가끔 함께 걸어주는 인연" 쯤이면 될 것이다. 우리가 '간과하여 보내버린 것들'이 '함께 밥 먹고 산책하고 마트를 기웃거리는' "그 시간 사이"에 있었듯이 말이다.

김선희 시인의 시세계는 스펙트럼이 넓은 편이라 했는

데 그것이 단순히 소재적 측면만을 의미하는 것은 아니다. 멀고 거대한 시공간을 헤매는가 싶으면 어느새 지극히 익숙하고 사소한 일상 속에 내려와 있기도 하다. 의미가 삭제된 행위가 나열되는가 하면 내면의 독백으로 존재의 심연을 환기하기도 한다. 서정적인가 하면 사변적이기도 하다. 시 같은 산문 같기도 하고 산문 같은 시 같기도 하다. 무심하고 건조한 어조 속에 애틋한 서정이 스며 있다. 그리고 이러한 성질들은 이질적인 것 같으면서도 서로 동떨어져 있지 않다. 시인의, 존재와 존재함에 대한 성실한 탐구라는 벼리에 의해 하나로 단단하게 꿰어져 있다. 이것이 김선희 시인만의 득의의 영역이자, 『금성에 관한 소문』을 끝까지 다 들어봐야 하는 이유이기도 하다.